국어시간에 시읽기 1

국어시간에 시읽기 1

전국국어교사모임 엮음

Humanist

국어 시간에 가장 많이 읽는 책

전국국어교사모임은 신나고 재미있는 국어 수업을 만들기 위해 20년이 넘게 애써 왔습니다. 특히, 중·고등학생들이 읽을 만한 책이 없는 상황에서 학생들이 즐겨 읽을 수 있는 책들을 펴내 청소년 문학에 새바람을 불러일으켰습니다. 학생들의 눈높이를 가장 잘 알고 있는 현장의 국어 선생님들이 엮은 '국어시간에 읽기' 시리즈는 학생들의 관심과 흥미를 살폈을 뿐 아니라, 학생들의 삶이나 현실과 맞닿아 있어 공감을 끌어낼 수 있었습니다.

우리 모임에서 청소년 문학으로 낸 첫 번째 책은 김은형 선생님이 수업에 활용했던 소설을 모아 엮은《국어시간에 소설읽기 1》입니다. 이 책은 나오자마자 청소년 문학 베스트셀러가 되었습니다. 학생들의 눈높이에 맞는 책인지라 수업 시간에 가장 많이 읽는 책이 되었으며, 여러 권위 있는 단체에서 '중학생이 읽기 좋은 책', '중학생에게 읽기를 권장하는 책'으로 뽑았습니다. 우리는 이어서《국어시간에 시읽기》,《국어시간에 생활글읽기》 등을 차례로 펴냈고, 그 책들은 모두 현장 국어 교사들이 수업에 적극 활용하는 책이면서 학생들이 즐겨 읽는 책으로 자리 잡았습니다. 이후 아이들에게 더 많은 읽을거리를 제공하고 싶다는 바람으로 《국어시간에 세계단편소설읽기》, 《국어시간에 세계시읽기》, 《국어시간에 세계희곡읽기》 같은 세계 문학 선집도 엮게 되었습니다. 이 모든 읽을거리가 청소년들의 삶을 더욱 풍성하게 하고, 청소년들의 생각을 더 크고 넓게 해 줄 거라 믿습니다.

'국어시간에 읽기' 시리즈는 학생들에게 읽기의 즐거움을 맛보게 해 준 책입니다. 또한 청소년 문학 시장에 다양한 분야의 책이 나올 수 있도록 마중물 역할을 하였습니다.

'국어시간에 읽기' 시리즈를 통해 학생들이 세상을 이해하고 세상 속으로 한 걸음 나아가기를 기대합니다. 또한 우리 주변의 진솔한 삶의 이야기, 그 속에 숨어 있는 보석 같은 깨달음이 여러분과 함께하기를 바랍니다.

이 책들이 모든 사람에게 오래도록 사랑받기를 바랍니다.

전국국어교사모임

학생들이 좋아하는 시는 따로 있다

요즘 학생들은 시와는 거리가 멀어도 한참 멀다는 말을 숱하게 들었는데, 언제부턴가 '정말 그럴까?' 하는 의문이 들었습니다. 시가 사람들의 삶을 노래하고 슬픔과 기쁨을 담는 그릇이라면 학생들이라고 시를 외면할 이유가 있을까요. 오히려 학생들은 나름대로 좋아하는 시가 있는데, 시가 학생들을 외면하고 있는 것은 아닐까 하는 생각이 들었습니다.

학생들과 교과서를 놓고 오랫동안 씨름을 하다 보니 교과서의 시에 신물이 났습니다. 오랫동안 일제강점기 친일 시인들의 시가 버젓이 국어 교과서를 활보하더니, 새로 바뀐 교과서에 실린 시들도 학생들의 시심을 일으키고 그들의 정서에 다가가기에는 역부족이었습니다. 그 대부분이 학생들이 삶과는 동떨어진 내용인 데다 시인들의 시인 탓에 학생들은 거의 흥미를 느끼지 못했습니다.

이미 출판된 시집들이나 학생들을 대상으로 한 시 모음집들도 사정은 마찬가지였습니다. 학생들이 시집을 잘 사지도 않거니와, 살 경우에도 겉모양만 그럴듯하게 포장한 것을 고르게 마련이었습니다. 더구나 학생들에게 도움이 될 만한 시집은 드물었고, 있다 해도 학생들의 정서에 다가갈 만한 시는 찾기가 쉽지 않아서, 시를 처음 공부하는 학생들이 읽기에는 무리였습니다. 근래에 고등학생들을 대상으로 한 시 모음집이 더러 나왔지만, 대부분이 근대 문학사에 자주 나오는 시인들의 대표작을 수록하고 있거나, '시험 대비용 해설서'이기 일쑤여서 학생들의 시 감상이나 창작 활동에 별로 도움이 될 것 같지 않았습니다.

그래서 생각해 낸 것이 학생들이 금방 친해질 수 있는 시를 보여 주자는 것이었습니다.

별다른 설명 없이 읽기만 해도 그 시의 정서가 온몸으로 전해 오는 시, 그러면서 느낌이든 생각이든 무엇인가 가슴에 고이는 시, 학생들의 눈높이에 맞는 시를 학생들에게 보여 주고 싶었습니다. 시 쓰기는 학생들이 좋은 시를 많이 읽고, '나도 시를 써 보고 싶다'거나 '나도 쓸 수 있겠다'는 흥미와 자신감을 갖고 난 다음에나 가능한 일이었습니다.

《국어시간에 시읽기 1》은 학생들과 함께 만든 것입니다. 우선 학생들의 수준과 관심에 맞을 듯한 시들을 엮은《시 읽기 자료집》에서, 학생들이 각자 애송시를 10편 정도 뽑아서 한두 줄씩 간단한 소감을 쓰게 하고 통계를 내 보았습니다. 다음에 또 다른 100여 편의 시들을 보여 주어 그 과정을 되풀이했습니다. 그 과정에서, 정말 재미있고 좋은 시는 학생들도 좋아하리라는 평소의 내 생각이 옳았음을 확인

할 수 있었습니다. 대부분의 학생들이 좋아하는 시가 있다는 것, 그리고 그 시들이 어른들의 생각과는 달리 왜곡된 감상적인 시가 아니라, 학생들의 삶과 깊은 연관을 가진 건강한 시, 일상에서 새로움을 발견하고 있는 시, 삶의 지혜를 담은 시, 혹은 역사적 삶, 통일, 환경, 생태를 노래한 시, 그러면서 재미있게 씌어진 시, 형식적으로도 정제되어 있는 아름다운 시들이었던 것은 나로서는 정말 대단한 발견이 아닐 수 없었습니다. 학생들과 함께 하는 시 공부의 출발점과 가능성을 동시에 확인한 것입니다.

이 책은 학생들이 시에 흥미와 관심을 갖게 할 목적에서 비롯한 만큼, 시를 선정할 때 시인들의 문학사적인 위상은 거의 고려하지 않았습니다. 또 일제강점기의 시들을 제외하고 지금을 기준으로 보다 가까운 시기에 발표된 시들을 중심으로 시와 동시, 학생 시와 시인의 시를 구별하지 않고 학생들의 '눈높이' 검증을 거친 시들을 주로 실었습니다. 정말 좋은 시들을 읽고 또 읽으면서, 지면 때문에 '눈물을 머금고' 뺄 수밖에 없던 것도 있었습니다.

나는 이 책이 학생들 가슴속 잔잔한 시의 연못에 던지는 하나의 돌멩이가 될 수 있다면 그것으로 만족할 것입니다. 농촌과 도시 학생들의 정서가 다르고, 중학교와 고등학교, 남학교와 여학교 학생들의 눈높이가 다르므로, 앞으로 지역과 학교의 실정에 맞는 많은 '시 읽기 자료집'이 학교마다 선생님과 학생들의 손으로 만들어질 날이 오기를 희망하고 또 그렇게 되리라 확신합니다. 그날에, 이 책이 작은 밑거름이 될 수 있었으면 하는 것이 제가 이 책을 엮어 낸 진짜 이유입니다.

아이들과 함께 시를 읽고 고르면서, 나도 이 시대에 서정시를 쓰는 한 사람으로서, 많은 시가 시대의 변화와 함께 빛을 잃어버리고 다음 세대의 관심에서 멀어지는 것이 안타까웠습니다. 그러나 그 때문에 세월의 풍화작용을 견디면서 여전히 사람들에게 사랑을 받고 있는 시들이 있다는 것과, 시도 역시 시대와 함께 숨 쉬는 '생물'임을 절실히 깨닫는 계기가 되었습니다. 이 시들을 읽은 사람들이 최소한 몇 편씩의 시라도 가슴에 새겨, 살아 있는 새로운 문화의 주역이 되어 주기를 기대합니다. 학생들의 시 교육을 위하여 이 책에 흔쾌히 수록을 허락해 주신 모든 시인과 학생들에게 진심으로 감사드립니다.

배창환

• 일러두기

《국어시간에 시읽기 1》은 내용에 따라 총 8부로 나누어져 있습니다. 1부 '시를 읽는 재미', 2부 '나, 세계의 중심', 3부 '가족, 이웃, 삶', 4부 '작은 발견, 큰 기쁨', 5부 '지혜, 혹은 삶의 깊이', 6부 '흙, 고향, 생태, 생명', 7부'그리움, 사랑의 아름다움', 8부 '시, 역사의 꽃'이 그것입니다. 시의 내용에 따라 각 부(묶음)별로 순서를 무시하고 읽을 수 있도록 했으며, 한 묶음씩 읽고 나서 친구들이나 선생님과 함께 느낌을 나누어 보고, 좋은 시를 외우거나 한번 따라 써 보기에 좋도록 한 것입니다.

읽으면서 선입견을 갖지 않도록 하기 위해 저자의 약력은 책의 뒷부분에 수록했으며, 시와 동시, 시인과 학생 구별 없이 수록했습니다. 물론 특별한 순서를 정하지도 않았습니다. 시 자체를 읽고 받아들이는 데만 마음을 집중하시기 바랍니다.

각 부 앞에는 수록된 시를 이해하는 짤막한 도움글을 실었습니다. 읽어 보시고 가장 마음에 드는 시부터 되풀이 읽어서 암송해 보세요. 시가 여러분의 가슴에서 살아나 이야기를 걸어 올 것입니다. 그러면 자연스럽게 대화를 나누세요. 그리고 집안이나 친구들의 모임, 그리고 학급이나 학교 발표회 같은 데서 한번 용기를 내어 암송을 해 보세요. 음악을 잘 아는 친구에게 배경음악을 부탁해서 함께 해 보면 더욱 좋겠지요. 아주 근사하게 빛나는 자리가 될 것입니다.

이제 시에 대해 자신감을 가지시기 바랍니다. 정말 좋은 시는 결코 어렵지 않답니다. 쉽게 이해될 뿐 아니라 가슴에 전해 오는 무엇이 있지요. 그리고 여러분과 한평생 변하지 않는 벗이 되고 나침반이 될 수 있어요. 여러 번 읽어서 좋아하는 시인이 생기면 이 책 뒤에 수록한 약력 소개를 찾아서 그 시인의 시집을 구해 읽어 보세요. 그리고 좋은 시들을 떠올리면서 생각이나 느낌을 잘 살려 시를 한번 써 보세요.

차례

3

가족, 이웃, 삶

4

작은 발견, 큰 기쁨

5

지혜, 혹은 삶의 깊이

6

흙, 고향, 생태, 생명

7

그리움,
사랑의
아름다움

8

시,
역사의 꽃

1

…

시를 읽는 재미

삶에서 멀리 떨어져 있지 않고

생활 속에서 보고 듣고 느낀 것을 익살스럽고 재치 있게 표현한 시,

기발한 착상으로 소재를 새롭게 보여 주는 시,

투박한 사투리나 민간에 살아 있는 민중 언어를 잘 살려서

생각이나 느낌을 표현해 낸 시 등에서

우리는 시를 읽는 재미를 느낄 수 있을 것입니다.

갈치 장수

자전거 타고 지나가는 길
“갈치 있어요”
“갈치 있어요”

시장 한복판
작은 판 하나 위에
갈치 여러 마리

갈치 장수 옆
좁은 길

지나가다
넘어지면
갈치 아저씨

“갈치가 잡아당기냐”

시장 한복판
웃음꽃이 피어났다

김효성

성암산에서

성암산 꼭대기에서 보니
경산이 콩알만 하다.
남매지 못도
눈물방울만 하다.
장난감 기차가 꼼틀꼼틀 지나간다.
개미 자동차가 기어간다.
빌딩들이 귀엽다.
내가 대장이다.
모두 다 내 부하다!

박언극

삼촌

삼촌이 돌아가실 적에
나는 엉엉 울었나.
누가 죽었는지도 모르고 어른들이
울길래 따라 울었다.

그러나 숟갈을 놓을 적에
일곱 개를 놓다가 여섯 개를 놓으니
가슴속에서
눈물이 왈칵 나왔다.

김영롱

감자꽃

자주 꽃 핀 건 자주 감자.
파 보나 마나 자주 감자.

하얀 꽃 핀 건 하얀 감자.
파 보나 마나 하얀 감자.

권태응

감

내 친구
한 명 따 가네.
내 친구
두 명 따 가네.
아이고 내 혼자 남았네.
장대 가지고
한 대 때리니
아이고 허리 터진다.
한 대 더 때리니
난 죽었으면 죽었지
안 떨어질란다.
그러다가 엉덩이가
불나도록 맞는다.
그래도 안 떨어지고 있더니
몸 전체가 빨개지고
말랑말랑한 홍시 감이 되었다.

한원엽

바람

바람.
바람.
바람.

너는 내 귀가 좋으냐?
너는 내 코가 좋으냐?
너는 내 손이 좋으냐?

내사 온통 빨개졌네.

내사 아무치도 않다.

호 호 추워라 구보로!

정지용

• 구보 | 달리어 감.

해바라기 얼굴

누나의 얼굴은
  해바라기 얼굴
해가 금방 뜨자
  일터에 간다.

해바라기 얼굴은
  누나의 얼굴
얼굴이 숙어 들어
  집으로 온다.

윤동주

멧새 소리

처마 끝에 명태를 말린다
명태는 꽁꽁 얼었다
명태는 길다랗고 파리한 물고긴데
꼬리에 길다란 고드름이 달렸다
해는 저물고 날은 다 가고 별은 시러웁게 차갑다
나도 길다랗고 파리한 명태다
문턱에 꽁꽁 얼어서
가슴에 길다란 고드름이 달렸다

백석

우리말 사랑 4

가난하고 못 배운 사람들 죽으면
사망했다 하고
넉넉하고 잘 배운 사람들 죽으면
타계했다
별세했다
유명을 달리했다 하고
높은 사람 죽으면
서거했다
붕어했다
승하했다 한다

죽었으면 죽은 거지
죽었다는 말도
이렇게 달리 쓴다, 우리는

나이 어린 사람이면 죽었다
나이 든 사람이면 돌아가셨다
이러면 될걸

서정홍

동자승

깔고 앉은 연꽃에
미안하단 말 대신
살가운 미소 이천오백 년

얼굴엔 누런 범벅
달빛만 잡수네

부처님
이빨 없죠
하하하 웃어 보세요

함민복

가을

당신 생각을 켜 놓은 채 잠이 들었습니다

함민복

불국동佛國洞

우리 동네는 사계절 달력이다
지금은 가을로 넘겨 놓았다

김성희

민담 3 –과장님 먹을 쌀

시골 버스 삼백 리 길
덜커덩거리며
과장으로 승진한 아들네 집에
쌀 한 가마
입석 버스에 실었것다.

읍내 근처만 와도
사람 북적거린다.
뚱뚱한 할매
울 엄마 닮은 할매
커다란 엉덩이 쌀가마 위에
자리 삼아 앉았것다.

"이눔우 할미 좀 보소.
울 아들 과장님 먹을 쌀가마이 우에
여자 엉덩이 얹노? 더럽구로!"
하며 펄쩍 하였것다.

"아따 별난 할망구 보소.
좀 앉으마 어떠노.
차도 비잡은데……

내 궁딩이는
과장 서이 낳은 궁딩이다."

버스 안이 와그르르
한바탕 하 하 하……
사람 사는 재미가
이런 것이렸것다.

류근삼

늦잠

이슬 먹은 애기메꽃 활짝 핀 아침
홑이불 돌돌 말고 늦잠 자는 나에게
울 엄니 내 등 톡톡 두느리며 말씀했지요
애야 똥구녕에 해 받치겠다
솜결 같은 그 말에도 머뜩잖아
퍼뜩 일어나기 싫어 이불 속에 숨었지요

나 이제야 그 말 뜻 헤아려
늦잠 자는 아들 녀석에게 쏟아붓지요
이놈들아 똥구녕에 해 떨어진다
꾸물대는 아이들 보면 화가 나서
냅다 이불 빼앗고 발로 차 일으키지요

나 그때나 지금이나
아직 사람 노릇 하기 멀었지요

나종영

아배 생각

뻔질나게 돌아다니며
외박을 밥 먹듯 하던 젊은 날
어쩌다 집에 가면
씻어도 씻어도 가시지 않는 아배 발고랑내 나는 밥상머리에 앉아
저녁을 먹는 중에도 아배는 아무렇지 않다는 듯
- 니, 오늘 외박하냐?
- 아뇨, 올은 집에서 잘 건데요.
- 그케, 니가 집에서 자는 게 외박 아이라?

집을 자주 비우던 내가
어느 노을 좋은 저녁에 또 집을 나서자
퇴근길에 마주친 아배는
자전거를 한 발로 받쳐 선 채 짐짓 아무렇지도 않다는 듯
- 야야, 어디 가노?
- 예……, 바람 좀 쐬려고요.
- 왜, 집에는 바람이 안 불다?

그런 아배도 오래전에 집을 나가서 저기 가신 뒤로 감감무소식이다.

안상학

돌이 하나 들어가서

구두 뒷굽 속에 돌이 하나 들어가서
딸그락, 딸깍대며 땅끝까지 따라왔죠
경상두 돌멩이 하나 진라도 돌 되었죠

이종문

낙엽 성적표

우수수 떨어지는
낙엽처럼

내 성적도
우수수憂愁愁
떨어지는데,

엄마는 내 성적
우수수優秀秀이길 바라고……

성적표 받아 들면
우수수는 어디 가고

목장 차릴 양良들만
줄을 서네.

박은주

2

나, 세계의 중심

나는 세계의 중심입니다.

사람은 누구나 자신을 중심으로 생각하고 행동합니다.

나 자신을 찾는 것은 복잡한 일상생활 속에서

잃어버리기 쉬운 자아를 되찾는다는 뜻입니다.

내가 누구인지를 알아야 내가 어떻게 살아야 할 것인지도 알 수 있는 것이지요.

나

살펴보면 나는
나의 아버지의 아들이고
나의 아들의 아버지고
나의 형의 동생이고
나의 동생의 형이고
나의 아내의 남편이고
나의 누이의 오빠고
나의 아저씨의 조카고
나의 조카의 아저씨고
나의 선생의 제자고
나의 제자의 선생이고
나의 마을의 예비군이고
나의 친구의 친구고
나의 적의 적이고
나의 의사의 환자고
나의 단골 술집의 손님이고
나의 개의 주인이고
나의 집의 가장이다

그렇다면 나는
아들이고

아버지고
동생이고
형이고
남편이고
오빠고
조카고
아저씨고
제자고
선생이고
납세자고
예비군이고
친구고
적이고
환자고
손님이고
주인이고
가장이지
오직 하나뿐인
나는 아니다

과연

아무도 모르고 있는
나는
무엇인가
그리고
지금 여기 있는
나는
누구인가

김광규

그 아이의 연대기

1959년 12월 어느 날
음력 선달그믐, 하얗게 눈 쌓이던 날에
뒷산에서 부엉이 울고 방 따뜻하던 날
한 사내아이 태어나 울다
우는 아이 보고 모두 웃다

1963년 5월 어느 날
김포 벌판의 끝, 활주로 위로 비행기 날다
아이는 그 큰 새를 바라보며 힘차게 울다
할아버지 논둑에 나와 곰방대에 불을 붙일 때
발 아래 노랗게 핀 민들레 보고 울음을 그치다

1965년 7월 어느 날
뚝방에 앉아 누이의 벗은 몸을 보다
서넛이 코를 움켜쥐고 물속으로 뛰어들다
한참만에 떠오르는 누이를 보고 아이 울다
누이의 손을 잡고 소를 몰며 돌아오다

1968년 8월 어느 날
때까치 집에 오르다 떨어져 울다
낮잠에 때까치 나타나 아이의 머리를 쪼다

저녁 먹고 삼촌 따라 들길로 나가 어떤 여자 만나다
둘이 시시덕거리는 동안 아이 별을 세다

1969년 9월 어느 날
메뚜기 볶아 먹다 기름병 깨뜨리다
회초리 맞고 아이 울다
붕어 잡아 고추장에 찍어 먹고
들에 나가 뜸부기알 주워서 칭찬받다

1972년 10월 어느 날
뒷산에 철조망 쳐지고 '입산 금지' 팻말 붙다
철조망 뚫고 올라가서 놀다가 군인에게 걸리다
내무반에서 벌 서고 아이 울다
라면 얻어먹고 내려와 다신 산에 안 가다

1975년 8월 어느 날
뚝방에 수영 금지 팻말 붙고 물 색깔 변하다
할아버지 돌아가시고 아이 울다
농약 중독이란 말 뜻 모르고
농사를 대신 지으리라 아이 결심하다

1978년 2월 어느 날
여자 친구 데려와 밤에 논길을 걷다
아직 별 반짝이고 들판에 풀 냄새 나지만
벼 베인 논엔 코카콜라병 굴러다니다
안녕이란 말 듣고 아이 뚝방에서 울다

1980년 4월 어느 날
새마을운동으로 동네 홀딱 뒤집히나
듣도 보도 못하던 물 동네 앞에 흐르다
대학 1학년, 아이 교문 나서다 최루탄 연기에 울다
동네 사람들 하나둘씩 마을 떠나다

1982년 5월 어느 날
아직 참새 몇 마리 마당가에서 놀고
신작로 아스팔트 깔리다
방위병 되어 얻어터지고 아이 울다
외지 사람들 들어와 큰 집 짓고 도사견 기르다

1985년 6월 어느 날
옛 친구 고향 찾아 구멍가게에서 맥주 마시다
공장 다니는 그 친구와 술에 취해 이유 없이 아이 울다

뒷산에 소나무 하나둘씩 죽어 가다
물가에 죽은 고양이 썩어 가다

1987년 12월 어느 날
첫 출근 위해 정류장에 서다
버스 오지 않고 물가에 악취 풍기다
첫눈 오시는 날 꿈속에서 새의 울음소리 듣다
아이 더 이상 울지 않다

1989년 7월 어느 날
길 넓혀지고 창문 열지 못하다
손바닥만 한 땅 팔리고 거간꾼 늘어붙다
뒷산 깎이고 아파트 들어서다
이곳 저곳 땅 때문에 형제들 싸우다

1991년 4월 어느 날
아이 장가들어 아내 데리고 들길로 나가다
맑은 물 흐르던 곳
아무리 설명해도 아내 믿지 않다
아내, 땅 판 것만 아쉬워하다

1992년 6월 어느 날
마을에 공장 들어서다
아이, 아이를 낳고 그 아이 데리고 물가로 가다
아이의 아이, 물빛은 원래 검은빛으로 알다
생수값으로 아내와 다투다

1995년 3월 어느 날
아이 실직하고 돌아와 농사를 그리워하다
아내와 아이의 아이 울다
꿈속에 아이, 때까치 소리 듣다
우물가에서 맑은 물 한 잔 얻어먹는 꿈꾸다

박철

시래기 인생

시래깃국이 식탁에 오른 날이면 입맛이 돈다
처마 밑 옹달진 모퉁이 얼기설기 새끼줄에 매달린
누렇게 마른 시래기 한 줄 뜯어 와서
마른 멸치 한 줌 집어넣고
푹 삶아 끓인 시래깃국
술 취한 날 아침이면 속까지 개운하다

푸른 시절에는 잎도 주고 뿌리도 주고
이제 마른 몸뚱이까지 이렇게 주고 가는
시래기 인생이라니!
나도 누군가를 위해
시래기처럼만 살 수 있다면

김경윤

큰 손

흙도 씻어 낸 향기 나는 냉이가 한 무더기에 천 원이라길래
혼자 먹기엔 많아 오백 원어치만 달라고 그랬더니

아주머니는 꾸역꾸역, 오히려 수줍은 몸짓으로
한 무더기를 고스란히 봉지에 담아 주신다

자신의 손보다 작게는 나누어 주지 못하는 커다란 손
그런 손이 존재한다는 것을 나는 아득히 잊고 살았었다

유승도

귀신

나는 열 살까지 영 죽을똥 말똥 했다
나는 열 살 안에 늙어 버렸다
한밤중 자다가 귀신이 보였다
소리 질러
식은땀으로 멱 감고 있으면
아버지가 벌거숭이로 자다가
낫 찾아
새벽 벽에 걸어 두었다
이놈의 귀신 또 오기만 와 봐라
쳐 죽이겠다
쳐 죽이겠다
나는 열 살 넘어서까지 귀신에 시달렸다
귀신 나온 밤은 길고 길었다
다음 날 대낮도
대낮의 나무와 풀과 먼 산도
내 무서움을 다 덜어 주지 못했다
그 귀신이 싹 없어진 건
내가 밥을 굶지 않을 때부터였다
하루 세 끼니 먹을 때였다
배속의 회 동하여
횟배 앓을 때부터였다

귀신이란 뭐냐
나는 안다
그건 굶주림이다
나는 안다

고은

다음 해에는

국민학교 들자마자
책상을 사내리
조르는 아들놈

다리 뻗고 누울 방도 없는데……

2학년이 되면 사 주마
3학년이 되면 사 주마
해가 바뀔 때마다
약속을 하고 또 하고

무엇보다 약속을 잘 지켜야 한다
가르치던 내가

지키지 못할 약속을 해마다 하며
내 가슴에 못을 박는다

서정홍

성탄절 가까운

살아오면서 나는 너무 많은 것을 얻었나 보다
가슴과 등과 팔에 새겨진
이 현란한 무늬들이 제법 휘황한 걸 보니
하지만 나는 답답해 온다 이내
몸에 걸친 화려한 옷과 값진 장신구들이 무거워지면서

마룻장 밑에 감추어 놓았던
삿갓지 색깔이 사금파리들은 어떻게 되었을까
교정의 플라타너스 나무에
무딘 주머니칼로 새겨 넣은 내 이름은 남아 있을까
성탄절 가까운
교회에서 들리는 풍금 소리가
노을에 감기는 저녁
살아오면서 나는 너무 많은 것을 버렸나 보다

신경림

유언 -아들에게

아들아
여태껏 내 삶에 지쳐
아픈 이웃들 돌볼 새 없이 살았으니
남기고 떠날 이름 석 자조차 부끄럽구나

내 마지막 그날에
병들고 시든 몸뚱어리
무어 쓸모가 있으랴마는
간이든 콩팥이든 눈이든
꼭 필요한 사람이 있다면
기꺼이 주고 떠나련다

모두 주고 더 줄 것이 없으면
고된 삶에 허우적거리다가 병든
마음 좋은 사람들의 새 삶을 위해
의학 실험용으로 쓰게 하고
아무짝에도 쓸모없게 되거들랑

불에 살라
내 어릴 때 뛰어놀던 뒷동산에
재라도 뿌려 주려무나

살아서 베풀지 못한 내 사랑은
죽어서나 이루어질까

세상 슬픈 일들이야
곧 잊고 살더라도
이 못난 아비 부탁만은 잊지 말아 다오

서정홍

그때는 그때의 아름다움을 모른다

이십대에는
서른이 두려웠다
서른이 되면 죽는 줄 알았다
이윽고 서른이 되었고 싱겁게 난 살아 있었다
마흔이 되니
그때가 그리 아름다운 나이였다

삼십대에는
마흔이 무서웠다
마흔이 되면 세상 끝나는 줄 았았다
이윽고 마흔이 되었고 난 슬프게 멀쩡했다
쉰이 되니
그때가 그리 아름다운 나이였다

예순이 되면 쉰이 그러리라
일흔이 되면 예순이 그러리라

죽음 앞에서
모든 그때는 절정이다
모든 나이는 아름답다
다만 그때는 그때의 아름다움을 모를 뿐이다.

박우현

시 쓰는 사람

수학 시간에 시집을
보다
생각했다
- 내가 시인이라면

사람들이 말했다
- 그럼, 이제 넌
  C인이야

도장이
쾅,
찍혔다.

이다은

내 소개

내 이름을 말하면
'이히이히' 하며 개구쟁이들이 따라왔다

'이히' 하길래, 뒤돌아보니
얼굴 말간 계집애들이
'이히 리베 디히' 하며 웃고 있었다

내 소개를 하다 보면
까끌까끌 수염 부비시던 할아버지와
고무줄 끊어 대던 녀석들과
혼자 서성이던 교정이 생각난다

과학실 창문과
찰랑대던 눈동자들,
불 밝혔던 밤들과
중력을 타고 놀았던 하얀 낮,
심장 소리 파동 이야기가 걸어 나온다

내 이야기 속엔
마른 찔레 덤불과
우르르 날아드는 참새 떼와

산과 들, 참나무 숲, 그리고
쏟아져 들어오는 우주가 함께 들어 있어야 한다

김이희

• 이히 리베 디히 | 독일어로 '나는 너를 사랑해'라는 뜻.

내가 착해질 때

모처럼 방에 누워 시집 한 권 다 읽는데
엇그제 중학교에 든 딸아이 다가옵니다
조금만 자고 공부하면 안 되겠냐고
가만히 품 안에 파고듭니다
아빠 심장은 너무 느리게 뛴다고
웅얼웅얼 몇 마디 투정이더니
쌕쌕 고른 숨소리 들려옵니다
이마에 가만히 입술을 대고 있으려니
비누 내음인지 꽃 내음인지
시 한 줄 읽고 숨소리 한 번 듣고
숨소리 듣다가 얼른 또 시 한 줄 봅니다
그러고 보니 시집 제목이
서정홍의 '내가 가장 착해질 때'입니다
우리 강아지 오래오래
철들지 않았으면 생각했습니다

고증식

아이에게

하고 싶은 일 하며 살아라
사람의 한 생 잠깐이다
돈 많이 벌지 마라
썩는 내음 견디지 못하리라

물가에 모래성 쌓다 말고 해거름 되어
집으로 불려 가는 아이와 같이
너 또한 일어설 날이 오리니

참 의로운 이름 말고는
참 따뜻한 사랑 말고는
아이야, 아무것도 지상에 남기지 말고
너 여기 올 때처럼
훌훌 벗은 몸으로 내게 오라

배창환

송 약국에 가고 싶다

오늘처럼 비 내리면 그곳에 가고 싶다
신작로가 있던 면사무소보다 지붕이 높던 집
내가 다닌 학교 교실 문보다 유리창이 더 크던
교문에서 제일 가깝던 집
맑고 큰 유리문 안쪽엔 면 갑부 송씨 어른 큰아들이
뾰족한 콧날 위로 금테 안경을 쓰고 앉아
근동 사람들의 이름을 다 외고, 살림살이도 다 외며
길고 가느다란 손끝으로 약봉지를 만들어 내던
신비한 마법의 집
밤새 신열 앓던 내가 알약 하나 못 먹고
학교에 가야 했던 그 가을
오후 늦게 추적추적 비 내리던 그날
반 이상 젖은 검은 치마 계속 적시며
그 큰 집 처마 밑에 어머니 서 계셨다
안마을 성 주사 어른과 청기와집 훈이 할매는
비가 오지 않아도 앉아 있을 수 있던 약국 안 긴 나무 의자
비어 있던 그 자리에 왜 어머니는 앉지 못하셨는지
알 것도 같고 모를 것도 같았던 그날은
슬프고 또 행복했다
작은 내 보폭에 맞춰 천천히 떼어 놓으시던 어머니의 젖은
발뒤꿈치에 매달려 저승까지 따라갔을 알약 한 알의 빈곤과,

찢어졌지만 따뜻했던 비닐우산 속의 내 행복이
손잡고 걸어갔던 그 길의 첫 번째 집
어머니가 단 한 번도 기운차게 밀어 보지 못한,
마법사처럼 보이던 약사를 아직도 비추고 있을 그 문을
밀고 들어가 긴 그 나무 의자에 앉아 보고 싶다
오래도록 앉아 있고 싶다

김은령

단촌역

늙은 측백나무가
반쯤 대머리가 된 회색 빛 건물 뒤편 변소 입구에서
사색하듯 말없이 서 있는 단촌역
붉은 색 페인트 칠이 다 벗겨진
대합실 나무 의자가 카바이트 불빛 아래서
힘이 다한 노인처럼 꾸벅꾸벅 졸고 있던
경북 의성군 단촌역
개찰구에 한쪽 다리를 약간 저는
소아마비 역무원 마(馬) 주사가
어긋나 버린 자신의 인생을 끼워 맞추듯
금속성 표찰기로 꼼꼼히 기차표를 찍어 주던
중앙선의 작은 시골 역
여름이면 붉은 사루비아가 홍운(紅雲)보다 더 짙던
그 역의 낡고 좁은 문을 통해
나는 안동 50리 길을
아니 청춘 수만 년의 미래로
눈이 오나 비가 오나 중학교 3년을 통학했지만
미안하게도 역장님 이름을 알지 못했네
가끔씩 바람 드센 날
국기 게양대의 태극기와 새마을기가 찢어지고
밤새 눈이 한 길이 넘게 내려

힘에 부친 측백나무 가지가 부러지고
그 부러진 상처 위에도
소독약 가루처럼 하얗게 눈이 쌓이고
무릎이 빠지는 눈 쌓인 논둑길을 걸어와
수십 분이니 연착한 아침 통학차를 간신히 탔을 때도
말없이 청춘의 우리를 격려하던
시골에서는 보기도 드문 왜식 목조건물
내 유년이 그 주변에서 끝나고
대구로 유학 나와
일요일 저녁이면 쌀자루 둘러메고
멸치조림 봉지 옆 허리에 꿰차고 대합실을 나설 때
점점이 멀어져 가던 어머니의 아련한 뒷모습
가슴 아프던 단촌역
나는 오늘 별 볼일 없는 중년의 사내 되어 홀로 그곳에
가 보지만
지나간 세월처럼 혹은 바람처럼
흔적도 없이 모든 것은 사라지고
낡은 역사(驛舍) 위로 흰 구름만 말없이 흘러가는
내 실존의 먼지 같은 단촌역
내 쓸쓸한 영혼의 집

김용락

3
가족, 이웃, 삶

가족은 내가 살아가는 공간에서 가장 가까운 핏줄입니다.

사람은 가정에서 끈끈한 사랑을 느끼면서 자신의 위치를 알게 됩니다.

기쁘고 슬픈 일, 마음대로 되는 것과 되지 않는 것,

자율적으로 할 일과 반드시 해야 하는 일을 배우면서 성장합니다.

감자떡

점순네 할아버지도
감자떡 먹고 늙으시고,
점순네 할머니도
감자떡 먹고 늙으시고,

대추나무 꽃이 피는
외딴 집에
점득이도 점선이도
감자떡 먹고 자라고

멍석 깔고 둘러앉아
모락모락 김 나는
감자떡 한 양푼
앞마당 가득히 구수한 냄새.

점순네 아버지도
감자처럼 마음 착하고,
점순네 어머니도
감자처럼 마음 순하고,

아이들 모두가 감자처럼 둥글둥글
예뻐요.

권정생

산딸기

산딸기 따 먹으며
칡잎에다 한 움큼
따로 쌉니다.

젤 잘 익은 것만
골라 쌉니다.

골망태 이고 지고
돌아갑니다.

걸으면서 분이는
동생 용복이가
냠냠 먹을 것을
생각합니다.

걸으면서 돌이는
할아버지가
호물호물 잡수실 걸
생각합니다.

권정생

아버지가 오실 때

아버지가
집에 오실 때는
시커먼 석탄가루로
화장을 하고 오신다.
그러면 우리는 장난말로
아버지 얼굴 예쁘네요.
아버지께서 하시는 말이
그럼 예쁘다 말다.
우리는 그런 말을 듣고
한바탕 웃는다.

하대원

내 동생

내 동생은 2학년
구구단을 못 외워서
내가 2학년 교실에 불려 갔다.
2학년 아이들이 보는데
내 동생 선생님이
“야, 니 동생 구구단 좀 외우게 해라.”
나는 쥐구멍에 들어갈 듯
고개를 숙였다.
2학년 교실을 나와
동생에게
“야, 너 집에 가서 모르는 거 있으면 좀 물어봐.”
동생은 한숨을 푸우 쉬고
교실에 들어갔다.
집에 가니 밖에서
동생이 생글생글 웃으며
놀고 있었다.
나는 아무 말도 안 했다.
밥 먹고 자길래
이불을 덮어 주었다.
나는 구구단이 밉다.

주동민

엄마의 런닝구

작은 누나가 엄마보고
엄마 런닝구 다 떨어졌다.
한 개 사라 한다.
엄마는 옷 입으마 안 보인다고
떨어졌는 걸 그대로 입는다.

런닝구 구멍이 콩만 하게
뚫어져 있는 줄 알았는데
대지비만 하게 뚫어져 있다.
아버지는 그걸 보고
런닝구를 쭉 쭉 쨌다.

엄마는
와 이카노.
너무 째마 걸레도 못 한다 한다.
엄마는 새걸로 갈아입고
째진 런닝구를 보시더니
두 번 더 입을 수 있을 낀데 한다.

배한권

동생

동생이 우리 교실에 와
누나야 100원만.
나는 대답을 안 했다.
점심 안 싸 왔다 누나야.
돈 없다!
딱 잘라 말했지만
마음이 안되어
내 도시락을 가지고
동생 교실에 갔다.
무라.
안 묵는다.
동생은 고개만 푹 숙이고 있었다.
니 굶는 게 낫나.
나 굶는 게 낫지.
그래도 동생 저는 굶어도
나 먹으라고
다시 양보한 도시락.
내 동생은
나보다 낫다.

문미화

경상도 사람이라서

언니에게서
전화가 왔다

- 잘 지내나

말 한마디에
반갑다 서글프다 눈물 난다 보고 싶다

한마디로 답했다

- 잘 지내여

괜찮게
썩
잘 지내고 있어

가끔,
언니가 보고 싶은 날을 빼고는…….

이다은

고추 따기

벌레 때문에
긴 바지 긴 티셔츠 모자를 챙겨 입고
밭으로 간다.

나는 꾀부려
고추가 적게 달린 고랑을
먼저 차지한다.

앉았다 일어섰다.
고추가 바구니에 다 차면 자루에 덜어
또 앉았다 일어섰다.
고추를 따니
허리가 끊어지는 것 같다.

하기 싫어 그냥 지나가
대충대충 밭 끝까지 가니 그 해방감
그러나 엄마는
내가 그냥 지나간 고랑에서 다시
고추를 따시는데

그냥 집으로 올 수 없어
다시 바구니를 들었다.

정명숙

슬픈 날 일기

새벽이면 동생은 골목길로 나갔습니다.
흐린 날도 비 오는 날도 어김없이 여섯 시에 골목으로 갔습니다.

골목에서 놀기는 아직 이른 시간인데
새벽에 일어나 나갔습니다.
한참을 있다가 돌아오는데 언제나 시무룩한 얼굴로
말이 없어서 묻지도 못했습니다.
아침마다 무어 좋은 일이냐고 묻지도 못했습니다.

날마다 초췌하니 야위던 동생이
엊저녁부터는 몸이 불덩이였습니다.
신열이 오르락내리락 밤새 시달리다가
새벽에사 깜박 잠이 든 동생이 헛소리를 합니다.
엄마가 올 텐데, 나 일어날 테야.
엄마를 기다려야 한단 말이야.

동생은 날마다 골목에서 엄마를 기다린 것입니다.
서울에서 밤새 기차를 타고 새벽에 닿을
엄마를 기다린 것입니다.
가슴이 뭉클해서 동생의 손을 꼭 쥐었습니다.

동생은,
사무친 그리움에 병이 난 것입니다.
엄마는 서울에 있지 않습니다.
엄마는, 엄마는 다른 곳에 계십니다.

나는 동생이 아파도 병원에 데리고 가지 못했습니다.
열이 심해 온몸이 불덩이같이 뜨거운 동생을
병원에 데리고 갈 수 없는 것이 슬퍼서
종일을 울었습니다.
오늘은 슬픈 날입니다.

박용주

똥 푸기

겨울을 나야 한다고
아버지
똥을 푸신다

지게에 지고
산밭 그 높은 데까지
져 나르신다

똥차가 못 오는
비탈 마을

아이들이 놀다가
코를 막는다

똥이
대접 못 받는 세상이라며
아버지
허허 웃으신다

임길택

아버지 1

말 한마디 없이
불쑥 들어오시어
그냥 앉아만 계시는
아버지보다는
오늘처럼 술에 취해
흥겨워하시는 아버지가
더 좋습니다

어머니가 뭐라시며 눈 흘겨도
못 들은 척
흘러간 노래를 틀어 놓고
흥얼흥얼 따라 하십니다

옆방 이불 속
잠든 동생 옆에 누워
나도 아버지의 노래를
따라 불러 봅니다

임길택

할아버지

할아버지가
단뱃대를 물고
들에 나가시니,
궂은 날도
곱개 개고,

할아버지가
도롱이를 입고
들에 나가시니,
가문 날도
비가 오시네.

정지용

* 도롱이 | 지푸라기 등으로 엮어 허리나 어깨에 걸쳐 두르는 비옷.

엄마 걱정

열무 삼십 단을 이고
시장에 간 우리 엄마
안 오시네, 해는 시든 지 오래
나는 찬밥처럼 방에 담겨
아무리 천천히 숙제를 해도
엄마 안 오시네, 배추 잎 같은 발소리 타박타박
안 들리네, 어둡고 무서워
금 간 창 틈으로 고요히 빗소리
빈방에 혼자 엎드려 훌쩍거리던

아주 먼 옛날
지금도 내 눈시울을 뜨겁게 하는
그 시절, 내 유년의 윗목

기형도

아버지의 마음

바쁜 사람들도
군센 사람들도
바람과 같던 사람들도
집에 돌아오면 아버지가 된다.

어린것들을 위하여
난로에 불을 피우고
그네에 못을 박는 아버지가 된다.

저녁 바람에 문을 닫고
낙엽을 줍는 아버지가 된다.

바깥은 요란해도
아버지는 어린것들에게는 울타리가 된다.
양심을 지키라고 낮은 음성으로 가르치신다.

아버지의 눈에는 눈물이 보이지 않으나
아버지가 마시는 술에는 항상 눈물이 절반이다.

아버지는 가장 외로운 사람들이다.
가장 화려한 사람들은
그 화려함으로 외로움을 배우게 된다.

김현승

위험한 가계家系 · 1969

1

그해 늦봄 아버지는 유리병 속에서 알약이 쏟아지듯 힘없이 쓰러지셨다. 여름 내내 그는 죽만 먹었다. 올해엔 김장을 조금 덜 해도 되겠구나. 어머니는 남폿불 아래에서 수건을 쓰시면서 말했다. 이젠 그 얘긴 그만하세요 어머니. 쌓아 둔 이불에 등을 기댄 채 큰누이가 소리 질렀다. 그런데 올해에는 무들마다 웬 바람이 이렇게 많이 들었을까. 나는 공책을 덮고 어머니를 바라보았다. 어머니. 잠바 하나 사 주세요. 스펀지마다 숭숭 구멍이 났어요. 그래도 올 겨울은 넘길 수 있을 게다. 봄이 오면 아버지도 나으실 거구. 풍병(風病)에 좋다는 약은 다 써 보았잖아요. 마늘을 까던 작은누이가 눈을 비비며 중얼거렸지만 어머니는 잠자코 이마 위로 흘러내리는 수건을 가만히 고쳐 매셨다.

2

아버지. 그건 우리 닭도 아닌데 왜 그렇게 정성껏 돌보세요. 나는 사료를 한 줌 집어던지면서 가지를 먹어 시퍼래진 입술로 투정을 부렸다. 농장의 목책을 훌쩍 뛰어넘으며 아버지는 말했다. 네게 모이를 주기 위해서야. 양계장 너머 뜬, 달걀 노른자처럼 노랗게 곪은 달이 아버지의 길게 늘어진 그림자를 이리저리 흔들 때마다 나는 아버지의 팔목에 매달려 휘휘 휘파람을 날렸다. 내일은 펌프가에 꽃모종을 하자. 무슨 꽃을 보고 싶으냐. 꽃들은 금방 죽어요 아버지. 너도 올봄엔 나이가 열 살이다. 어머니가 양푼 가득 칼국수를 퍼 담으시며 말했다. 알아요 나도 이젠 병아리가 아니에요. 어머니. 그런데 웬 칼국수에 이렇게 많이 고춧가루를 치셨을까.

3

방죽에서 나는 한참을 기다렸다. 가을밤의 어둠 속에서 큰누이는 냉이꽃처럼 가늘게 휘청거리며 걸어왔다. 이번 달은 공장에서 야근 수당까지 받았어. 초록색 추리닝 윗도리를 하나 사고 싶은데. 요새 친구들이 많이 입고 출근해. 나는 오징어가 먹고 싶어. 그건 오래 씹을 수 있고 맛도 좋으니까. 집으로 가는 길은 너무 멀었다. 누이의 도시락 가방 속에서 스푼이 자꾸만 음악 소리를 냈다. 추리닝이 문제겠니. 내년 봄엔 너도 야간 고등학교라도 가야 한다. 어머니. 콩나물에 물은 주셨어요? 콩나물보다 너희들이나 빨리 자라야지. 엎드려서 공부하다가 코를 풀면 언제나 검댕이가 묻어 나왔다. 심지를 좀 잘라 내. 타 버린 심지는 그을음만 나니까. 작은누이가 중얼거렸다. 아버지 좀 보세요. 어떤 약도 듣지 않았잖아요. 아프시기 전에도 아무것도 해 논 일이 없구. 어머니가 누이의 빰을 쳤다. 약값을 줄일 순 없다. 누이가 깎던 감자가 툭 떨어졌다. 실패하시고 나서 아버지는 3년 동안 낚시질만 하셨어요. 그래도 아버지는 너희들을 건졌어. 이웃 농장에 가서 닭도 키우셨다. 땅도 한 뙈기 장만하셨댔었다. 작은누이가 마침내 울음을 터뜨렸다. 죽은 맨드라미처럼 빨간 내복이 스웨터 밖으로 나와 있었다. 그러나 그때 아버지는 채소 씨앗 대신 알약을 뿌리고 계셨던 거예요.

4

지나간 날들을 생각해 보면 무엇하겠느냐. 묵은 밭에서 작년에 캐다 만 감자 몇 알 줍는 격이지. 그것도 대개는 썩어 있단다. 아버지는 삽질을 멈추고 채마밭 속에 발목을 묻은 채 짧은 담배를 태셨다. 올해는 무얼 심으시겠어요? 뿌리가 질기고 열매를 먹을 수 있는 것이면 무엇이든지 심을 작정이다. 하늘에는 벌써 튀밥 같은 별들이 떴다. 어머니가 그만 씻으시래요. 다음 날 무엇을 보여 주려고 나팔꽃들은 저렇게 오므라들어 잠을 잘까. 아버지는 흙 속에서 천천히 걸어 나오셨다. 봐라. 나는 이렇게 쉽게 뽑혀지는구나. 그러나, 아버지. 더 좋은 땅에 당신을 옮겨 심으시려고.

5

선생님. 가정 방문은 가지 마세요. 저희 집은 너무 멀어요. 그래도 너는 반장인데. 집에는 아무도 없고요. 아버지 혼자, 낮에는요. 방과 후 긴 방죽을 따라 걸어오면서 나는 몇 번이나 책가방 속의 월말고사 상장을 생각했다. 둑방에는 패랭이꽃이 무수히 피어 있었다. 모두 다 꽃씨들을 갖고 있다니. 작은 씨앗들이 어떻게 큰 꽃이 될까. 나는 풀밭에 꽂혀서 잠을 잤다. 그날 밤 늦게 작은누이가 돌아왔다. 아버진 좀 어떠시니. 누이의 몸에서 석유 냄새가 났다. 글쎄, 자전거도 타지 않구 책가방을 든 채 백 장을 돌리겠다는 말이냐? 창문을 열자 어둠 속에서 바람에 불려 몇 그루 미루나무가 거대한 빵처럼 부풀어 오르는 게 보였다. 그리고 나는 그날, 상장을 접어 개천에 종이배로 띄운 일을 누구에게도 말하지 않았다.

6

그 해 겨울은 눈이 많이 내렸다. 아버지, 여전히 말씀도 못 하시고 굳은 혀. 어느 만큼 눈이 녹아야 흐르실는지. 털실 뭉치를 감으며 어머니가 말했다. 봄이 오면 아버지도 나으신다. 언제가 봄이에요. 우리가 모두 낫는 날이 봄이에요? 그러나 썰매를 타다 보면 빙판 밑으로는 푸른 물이 흐르는 게 보였다. 얼음장 위에서도 종이가 다 탈 때까지 네모반듯한 불들은 꺼지지 않았다. 아주 추운 밤이면 나는 이불 속에서 해바라기 씨앗처럼 동그랗게 잠을 잤다. 어머니 아주 큰 꽃을 보여 드릴까요? 열매를 위해서 이파리 몇 개쯤은 스스로 부서뜨리는 법을 배웠어요. 아버지의 꽃모종을요. 보세요 어머니. 제일 긴 밤 뒤에 비로소 찾아오는 우리들의 환한 가계(家系)를. 봐요. 용수철처럼 튀어오르는 저 동지(冬至)의 불빛 불빛 불빛.

기형도

눈물

평생 없이 살다가
배고픈 게 병이 되어
병원 한 번 못 가고 돌아가신
내 어매 유언은 "밑구녕"이었다.
이 말이 유언인 줄도 모르다가
세상 버리신 지 이태 지난 어느 명절날
고향집 안방에 걸려 있던
벽시계 먼지를 털다가 알았다.
벽시계 안 '밑구녕'으로
명절 때 고향 가서 터진 손에 쥐어 드린
꼬깃꼬깃한 만 원짜리 지폐들이
배곯던 우리 어매 생손앓이 고름 터지듯
찔끔찔끔 투두두둑 방바닥에 터져 내렸다.

황영진

거룩한 사랑 —성聖은 피血와 능能이다

어린 시절 방학 때마다
서울서 고학하던 형님이 허약해져 내려오면
어머님은 애지중지 길러 온 암탉을 잡으셨다
성호를 그은 뒤 손수 닭 모가지를 비틀고
칼로 피를 묻혀 가며 맛난 닭죽을 끓이셨다
나는 칸질하는 어머니 치맛자락을 붙잡고
떨면서 침을 꼴깍이면서 그 살생을 지켜보았다

서울 달동네 단칸방 시절에
우리는 김치를 담가 먹을 여유가 없었다
막일 다녀오신 어머님은 지친 그 몸으로
시장에 나가 잠깐 야채를 다듬어 주고
시래깃감을 얻어 와 김치를 담고 국을 끓였다
나는 이 세상에서 그 퍼런 배추 겉잎으로 만든 것보다
더 맛있는 김치와 국을 맛본 적이 없다
나는 어머님의 삶에서 눈물로 배웠다

사랑은
자기 손으로 피를 묻혀 보살펴야 한다는 걸

사랑은
가진 것이 없다고 무능해서는 안 된다는 걸

사랑은
자신의 피와 능과 눈물만큼 거룩한 거라는 걸

박노해

손

술을 많이 드시면
아버지는 곧잘 우신다.

농약 먹고 죽은 동갑내기 한 분을
산자락에 묻고 돌아오신 그날도
초상술에 많이 취해
집에 와 우셨다.

입 옹다물고
안방에 누워
나를 옆에 오라 하신 아버지는
말없이 내 손을 움켜쥐고
울기만 하셨다.

....
....

어릴 적
자식놈 행동거지 맘에 들지 않으시면
어김없이 귀싸대기 올려 치던
손

나이 삼십이 넘은 오늘에서야
그 손의 따뜻함을 안다.
흙 노동에 닳아진
세월의 무게에 고단해진
아비지의 손.

조재도

양계장집 딸

일어나자마자 닭장으로 달려가면
아버지가 손에 쥐어 주던 갓 낳은 달걀로부터
나는 따뜻함을 배웠다.

분노를 배운 것도 닭장에서였다.
부리로 상대의 눈을 쪼아 대며
어느 하나가 죽을 때까지 물러나지 않는.

건넛마을 아파트에 달걀을 팔러 가던 날
친구를 만날까 봐 언니 뒤에 비비 숨던 어느 대낮
숨을수록 햇빛은 더 크게 소리쳤다.
그러나 닭도 달걀도 별로 돈이 되지는 못했다.

텃밭의 채소 몇 뿌리와 더불어
무언가 기른다는 것이 아버지를 살게 하는 힘이었다.
그 손에서 길러짐으로써 닭들은 아버지를 살렸다.
종종거리며 아버지를 따라다니던
양계장집 어린 딸의 유일한 친구이기도 했다.

결국 닭은 닭장 속에서 견디며
우리 이대(二代)를 견디게 한 셈이다.

나희덕

서문시장 돼지고기 선술집

고등학교 다닐 때였지
노가다 도목수 아버지 따라
서문시장 3지구 부근
지금은 사라지고 없는 할매술집에 갔지
담벼락에 광목을 치고 나무 의자 몇 개 놓은 선술집
바로 그곳이었지
노가다들이 떼거리로 와서 한잔 걸치고 가는 곳
대광주리 삶은 돼지다리에선 하얀 김이 설설 피어올랐고
나는 아버지가 시켜 주신 비곗살 달콤한 돼지고기를 씹었지
벌건 국물에 고기 띄운 국밥이 아닌
살코기로 수북이 한 접시를(!)

껄껄 목이 맥히지도 않고
아버지가 단번에 꿀떡꿀떡 넘기시던 막걸리처럼
맥히지도 않고, 이게 웬 떡이냐 잘도 씹었지
배속에서도 퍼뜩 넘기라고 목구녕으로 손가락이 넘어왔었지

식구들 다 데리고 올 수 없어서
공부하는 놈이라도 실컷 먹인다고
누이 형제들 다 놔두고 나 혼자만 살짝 불러 먹이셨지
얼른 얼른 식기 전에 많이 묵어라시며

나는 많이 묵었으니까 니나 묵어라시며
스물여섯에 아버지 돌아가시던 날 남몰래 울음 삼켰지
돼지고기 한 접시 놓고 허겁지겁 먹어 대던 그날
난생처음 아버지와의 그 비밀 잔치 때문에
왜 하필이면 그날 그 일이 떠올랐는지 몰라도
지금도 서문시장 지나기만 하면 그때 그 선술집에 가서
아버지와 돼지고기 한번 실컷 먹고 싶어 눈물이 나지
그래서 요즘도 돼지고기 한 접시 시켜 놓고 울고 싶어지지

배창환

개화

목련 피는 날 어머니는 눈과 귀를 닫으셨다.

닫힌 눈과 귀를 내면의 먼 소실점에 향하고 누워 있는 어머니에게서 문득 누에 냄새가 난다. 어머니는 전력을 다해 자신의 한 생애를 뽑아내고 있는 중이다. 집을 짓는 누에처럼 웅크리며 자꾸만 작아진다. 한 치의 구멍도 없이 누에의 집이 완성되는 날, 어머니는 마침내 다른 한 세상을 향해 개화할 것이다.

나뭇잎 하나 없는 가지에, 먼 세상으로부터 이켠으로 지금 막 목련이 피고 있다.

김진경

조용한 아침

말없이
꾸역꾸역 밥을 먹습니다.

남편은 직장에서 할 일을
딸은 다가올 시험을
나는 며칠 동안 찾지 못한 물건을

모두가
골똘히
생각만 먹습니다.

이시연

신문지 봉지

이른 저녁상을 물리고 나면
온 식구가 머리를 맞대고 봉지를 만든다.
쑤어 둔 밀가루 풀에선 단내가 난다.
읍내서 얻어 온 신문지엔
폭설에, 교통사고, 기름값 폭등 기사
그런 시끄러운 세상 이야기들은
가위로 자르고 풀을 발라 꾹 누르면
얌전한 봉지가 된다.

봉지는 봄이 되면
하얀 배꽃 떨어진 자리
연하디연한 어린 배를 감싸 안고
바람을 막고, 벌레를 막고
봉지의 빈 공간만큼
딱 그만 한 배를 키우게 된다.

봉지를 만들며
벌써 아버지 봉지 속엔
살찐 송아지 한 마리 들어가고
어머니 봉지 속엔
곗돈 한 뭉치 쑥 들어가고

오빠의 야무진 봉투에는
은빛으로 빛나는 자전거가 들어간다.
몇 개 안 되는 동생과 내 봉지 속엔
하얀 운동화 한 켤레씩 들어 있다.

이윤경

4

작은 발견, 큰 기쁨

우리 주변에는 그냥 지나치고 마는 것들이 참 많습니다.

흔히 진리는 가까이 있다고들 하지요.

시도 마찬가지입니다.

우리의 손과 시선이 닿지 않는 먼 곳에 있는 것이 아니라

내 가까이 일상 속에 있습니다.

팔려 가는 소

소가 차에 올라가지 않아서
소 장수 아저씨가 "이랴" 하며
꼬리를 감아 미신다.
엄마 소는 새끼 놔두고는
안 올라간다며 눈을 꾹 감고
뒤로 버틴다.
소 장수는 새끼를 풀어 와서
차에 실었다.
새끼가 올라가니
엄마 소도 올라갔다.
그런데 그만 새끼 소도
내려오지 않는다.
발을 묶어 내릴려고 해도
목을 맨 줄을 당겨도
자꾸자꾸 파고들어 간다.
결국 엄마 소는 새끼만 보며
울고 간다.

조동연

소 죽이는 것

소 죽이는데
소는 안 죽으려고
엄마 엄마.
도끼로 머리를 찍을 때마다
눈이 껌쩍껌쩍
나는 눈을 감고
저 소 얼마나 아플까?
피가 막 났다.
소야 죽으면
이 세상에 오지도 말아라.
너 같은 짐승을 죽이는
저 사람들
생명이 있다는 것을
모르는 사람들.
소야 좋은 세상에서
오래오래 행복하게 살아라.

김형삼

청설모

청설모는 나무에 매일 앉아 있다.

청설모가 나오면 우리는 청설모를 본다. 신기한 듯이 본다. 그러다 종이 친다.

청설모는 종이 쳐도 가지 않는다. 그러니 아이들은 청설모에서 눈을 떼지 않는다.

한참 있다가 청설모는 간다.

다음에 청설모는 또 앉아 있다. 아이들을 보러 오면 다른 나무에서 옆 나무까지 뛴다. 아이들은 청설모가 신기한 듯 쳐다본다. 청설모는 많아진다. 아이들을 계속 보고 있다가 스르르 간다.

청설모는 무엇을 먹는다. 그것은 모른다. 멀리서 바라보고 있어서이다.

청설모는 좀처럼 내려올 생각을 하지 않는다. 밑까지 좀 내려오면 아이들은 큰 목소리로 말한다.

"야 청설모가 내려왔다."라고.

청설모는 움직이며 나뭇가지를 움직인다.

비가 오면 청설모는 간다. 청설모는 나무를 타고 재빨리 비를 피한다. 청설모는 사람과 같은 것 같다. 사람도 비를 피해서이고 먹고살기 때문이다.

비 오는 날에 한 시간 마치고 보면 나무에 있던 청설모는 어디론가 사라지고 없다.

청설모는 갈색이라 아이들 눈에 잘 보이지 않아서 한참 찾는다. 아이들은 그냥 공부를 한다. 다음에는 청설모가 오래 있을 것 같다.

청설모가 움직이면 나뭇가지가 손을 흔든다.

우리는 마음으로 손을 흔든다.

"안녕"이라는 말도 함께.

이송미

똥 냄새

냇가의 풀숲을 걸어다니면
똥 냄새가 풍긴다.

그러면 똥을 밟을까 봐
온몸이 으스스 떨린다.

도시 사람들의 똥은
농촌 사람 똥보다
더 지독하다.

권오정

엿 파는 할머니

수업을 마치고
집으로 돌아오는 중간 길에
또 늙은 할머니께서
엿을 팔고 계셨다.
그 옆을 지나오는데
할머니께서
얘들아, 오늘이 마지막이니
이 엿 사 먹으래이.
할머니 왜 마지막이냐고
물었더니
내가 몸이 아파서 그래
하고 말씀하셨다.
그 말을 듣고도 나는
엿도 사지도 못하고
지나와 돌아다보니
아직도
쪼그리고 있었다.

권미란

눈을 감는 사람들

사람들의 몸이 고정되고
입구 열리는 소리에
앞으로 집중되는 시선들

새하얀 머리에
굽은 허리가,
그 허리가
힘겹게 올라온다.

버스 안의 사람들은
눈을 감고서
스스로 장님이 된다.
마음을 닫는다.

흔들리는 버스에
서리 내린 머리가,
구부정한 허리가
박자를 맞춘다.
애처롭던 몸뚱이가
내려진 후에
겨울잠 깬

개구리처럼
차 안엔 생기가 가득,

그러나 그때
마음 한구석에선
응어리가 맺힌다.

'내가 왜 그랬을까?'

박희경

구두닦이 아저씨

주차장 뒤의 길 한구석에
구두닦이 아서씨
나이는 사십 살쯤 된 것 같다.
얼굴엔 산골 같은 주름살
청년이 와서
"어이, 구두 좀 닦아."
아저씨는 열심히 닦았다.
저거 말라꼬 닦아 주노
사람을 사람처럼 여기지도 않는데.
아저씨보고 괜히
내가 화를 냈다.
아저씨는 시커먼 얼굴로
구두만 보면서
열심히 열심히 구두를 닦았다.
그 청년의 마음도
빤질빤질하게 윤낼 듯이
닦고 있었다.

한원섭

지렁이

비가 왔다.
하도 심심해서 밖에 나가 보니
지렁이 한 마리가 오무락오무락
기어가고 있었다.
막대기로 건드려 보니
아까부터 오무락거리던 지렁이가
몸을 숨기려고 돌돌 감았다.
가만히 두니 늘어났다 줄어들었다
앞으로 나간다.
지렁이 지나간 길이 반지르하게
표시가 난다.
그 앞에 큰 돌이 하나
지렁이 앞을 막고 있었다.
돌을 치워 주니 고맙다는 듯이
굴룩굴룩 하면서
땅속으로 들어간다.

여두현

세상의 중심

허물어진 흙 담장 구석
담장 위 깨진 기와 구석
툇마루 밑 흰둥이 앉았던 구석
풀 한 포기 발 내린 마당 구석
말라 버린 우물 구석
까치발로 세상 내다보는 구석
한 줌 햇살 붐비는
눈부신 구석

빛나는 내 안의 중심.

박덕희

수박끼리

수박이 왔어요 달고 맛있는 수박
김씨 아저씨 1톤 트럭 짐칸에 실린 수박
저들끼리 하는 말

형님아 밑에 있으이 무겁제, 미안하다. 괘안타, 그나저나 제값에 팔리야 될 낀데. 내사 똥값에 팔리는 거 싫타. 내 벌건 속 알아주는 사람 있을 끼다 그자. 그래도 형님아 헤어지마 보고 싶을 끼다. 간지럽다 코 좀 고만 문대라. 그래 우리는 사람들 속에 들어가서 다시 태어나는 기라.

털털거리며 저들끼리 얼굴을 부비는 수박들.

이응인

빈 의자

나는 침묵의 곁을 지나치곤 했다
노인은 늘 길가 낡은 의자에 앉아
안경 너머로 무언가 응시하고 있었는데
한편으론 아무것도 보고 있지 않은 듯했다

이따금 새들이 내려와
침묵의 모서리를 쪼다가 날아갈 뿐이었다

움직이는 걸 한 번도 볼 수 없었지만
그의 몸 절반에는 아직 피가 돌고 있을 것이다
축 늘어뜨린 왼손보다
무릎을 짚고 있는 오른손이 그걸 말해 준다

손 위에 번져 가는 검버섯을 지켜보듯이
그대로 검버섯으로 세상 구석에 피어난 듯이
자리를 지키며 앉아 있다는 일만이
그가 살아 있다는 필사적인 증거였다

어느 날 그 침묵이 텅 비워진 자리,
세월이 그의 몸을 빠져나간 후
웅덩이처럼 고여 있는 빈 의자에는

작은 새들조차 날아오지 않았다

나희덕

민들레

맑은 날
초록 둑길에
뉘 집 아이 놀러 나와
노란 발자국
콕 콕 콕
찍었을까

이응인

김 씨의 하루

아침부터 마을 앞 공원을 서성이며
휴대폰에 온 신경을 세운다.
출근할 곳이 없어진 그날
전화기를 사고
이력서를 몇 군데 내고
마을 동산 공원의 가치가 새로웠다.
그가 새로 알게 된 것은 시간의 두려움이다.
서성거리기가 이렇게 힘들고
시간을 보내기가 이렇게 힘들다니
비라도 오는 날이면
김 씨의 하루는 더욱 힘들다.
다방에서 담배나 피우자니
이건 온통 하루의 생지옥이다.

김 씨의 하루는 제일 무서운 게 바로 시간이다.

정대호

지하철에서

'세계화의 첫걸음은 말
한마디의 외국어가 세계화를 앞당깁니다.'
공보처에서 만든 선전물에는
갓 쓴 할아버지가
하우 두 유 두를 말하고 있고
헤드폰을 귀에 꽂고
연신 다리를 주억거리는
젊은이는 멍한 눈으로
스포츠조선 스포츠한국에서는
이런저런 만화들이
몸을 비틀며
뜨거운 신음을 토하고 있고
바짝 붙은 몸과 몸 사이에서
모르는 사이 조금씩
증오심을 키워 가면서
우리는 그것이
생활인 줄 알고 있다.

조영옥

닭살

좌판 위에 쌓인, 털이 없어 추운
한 무더기 하얀 닭살.
온몸 가득 탱탱하게 돋은
오돌토돌한 닭살.
억센 손아귀가 낚아챘을 때
놀라 온몸이 가려웠을 닭살.
식칼 앞에서 전율했을 때
더 힘차게 돋아났을 닭살.
추울수록 힘이 생겨
딱딱하게 발기되는 닭살.
발 없는 다리 머리 없는 목에서도
조금도 움츠러들 줄 모르는 닭살.
고기가 된 지금도 가시처럼
꼿꼿하게 머리를 내미는 닭살.

김기택

교통사고

차가, 달려온다, 그의 몸은 멈칫,
솟구치고, 순간, 모든 시선을 팽개치며,
내동댕이쳐진다. 그의 팔은 꺾이고,
찢어진 채, 나부끼는 옷 조각들, 화학섬유 가벼이
무늬를 흩이며 난다. 급한 브레이크로
뜨겁게 정지한 채 멍해진 바퀴 밑,
몇 개의 돌들은 튀어 오르며, 긴장된
그의 가슴을 쥐어박는다. 젠장, 신, 세, 조졌군, 하고
운전수가 투덜거릴 때, 그의 구두는 황급히
하수구로 뛰어들고, 그의 반짝이는
단추들이 사방으로 흩어지면서, 급히
차들을 세운다. 그의 주민등록증은 무표정한
얼굴 하나를 경찰관의 발 앞에 내동댕이
친다. 경찰관은 갑자기 분노해서, 그를 노려보면서,
차를 걷어찬다. 부서진 유리창 속에 경찰관의
얼굴이 어둡게 비친다. 사람들은, 웅성대며
그의 얼굴을 보기를 원하지만, 그의 얼굴은
이미 유리창을 떠나 부서졌고,
경찰관은 호각을 불어, 그의 죽음을,
확인한다. 그의 피는 부서진 차의 기름과
녹물에 엉기면서 고즈넉히, 또는 급히,

땅속으로 스며든다, 경찰관도 그도
아무도 모르게.
그가 실려서 어디론가 떠난 후,
도로 인부는 그의 피부터 흙으로 덮는다.
크레인으로 들어 올려져 차도 떠나고,
사람들도 흩어진 후, 비로소 인부는 담배를 피워 물며,
지나가는 차들을 향해 손을 흔든다. 길에서
주운 몇 개의 단추는 먼지와 흙을 닦은 후
얼른 주머니에 챙긴다. 하수구에서 주운
두 쪽의 구두를 인부는 제 신과 바꿔
신는다. 푸른 유리 조각이 인부의 빗자루에 쓸려
길가 풀덤불 속에 버려질 때, 아무도 보지 못하게
핏물이 유리에 묻어 급히 흙 속으로
숨는다. 향기로운 풀잎 그윽한 오월의 정오를
인부는 나른히 그곳을 곧 떠나간다.

이하석

심인

김종수 80년 5월 이후 가출
소식 두절 11월 3일 입대 영장 나왔음
귀가 요 아는 분 연락 바람 누나
829-1551

이광필 광필아 모든 것을 묻지 않겠다
돌아와서 이야기하자
어머니가 위독하시다

조순혜 21세 아버지가
기다리니 집으로 속히 돌아오라
내가 잘못했다

나는 쭈그리고 앉아
똥을 눈다

황지우

노을 속으로 가는 새

불화살을 마구 날린 것 같다

단 한 줄의 절명시처럼
격렬한 슬픔이다

만약 늙은 면장이 보았다면 내가
불화살을 마구 퍼부었다고 우겼을 것이다

이중기

5

지혜, 혹은 삶의 깊이

지혜는 생활 속에서 얻어지고 깊어집니다.

어느 순간 우리는 인생의 의미를 다시 생각하게 하는 일을 만날 수 있습니다.

가까운 사람이 갑자기 우리 곁을 떠났을 때도 그렇고,

깊은 사랑에 빠졌다가 헤어짐을 겪을 때도 그렇지요.

첫눈

첫눈을 보니
산타 할아버지 생각이 난다

어렸을 적
크리스마스 날
아침이면
산타 할아버지가 다녀갔었다

김정훈

초콜릿

인생이 담겨 있다
초콜릿에는

첫맛은 꿈처럼 달콤하게 다가오고
끝맛은 쌉싸름하게 여운을 남기는

아직 달콤함만 맛본 나에게서
점점 짙게 묻어나는 초콜릿의 쓴 향기

서진선

길

잃어버렸습니다.
무얼 어디다 잃었는지 몰라
두 손이 주머니를 더듬어
길에 나아갑니다.

돌과 돌과 돌이 끝없이 연달아
길은 돌담을 끼고 갑니다.

담은 쇠문을 굳게 닫아
길 위에 긴 그림자를 드리우고

길은 아침에서 저녁으로
저녁에서 아침으로 통했습니다.

돌담을 더듬어 눈물짓다
쳐다보면 하늘은 부끄럽게 푸릅니다.

풀 한 포기 없는 이 길을 걷는 것은
담 저쪽에 내가 남아 있는 까닭이고,

내가 사는 것은, 다만,

잃은 것을 찾는 까닭입니다.

윤동주

고향

등이 굽은 물고기들
한강에 산다
등이 굽은 새끼들 낳고
숨 막혀 헐떡이며 그래도
서울의 시궁창 떠나지 못한다
바다로 가지 않는다
떠나갈 수 없는 곳
그리고 이젠 돌아갈 수 없는 곳
고향은 그런 곳인가

김광규

돌담에 속삭이는 햇발

돌담에 속삭이는 햇발같이
풀 아래 웃음 짓는 샘물같이
내 마음 고요히 고운 봄길 위에
오늘 하루 하늘을 우러르고 싶다

새악시 볼에 떠오는 부끄럼같이
시의 가슴을 살포시 젖는 물결같이
보드레한 에메랄드 얇게 흐르는
실비단 하늘을 바라보고 싶다

김영랑

새로운 길

내를 건너서 숲으로
고개를 넘어서 마을로

어제도 가고 오늘도 갈
나의 길 새로운 길

민들레가 피고 까치가 날고
아가씨가 지나고 바람이 일고

나의 길은 언제나 새로운 길
오늘도…… 내일도……

내를 건너서 숲으로
고개를 넘어서 마을로

윤동주

사라진 것들

상황버섯이 암 치료에 효과가 있다 하여 채취하러 다니다보니, 신이 나서 따던 다른 버섯들을 보아도 반갑지가 않다
산삼 몇 뿌리만 캐면 팔자를 고친다 하기에 산에 갈 때마다 산삼을 찾다 보니, 산의 아름다운 모습들이 더 이상 보이지 않는다
돌멩이도 그중 빼어난 것이 있다 하여 좋은 수석을 바라며 강변을 걷다 보니, 나름대로 멋있던 돌들이 하나같이 병신이다

달빛 같은 사람이 보고 싶어 인간의 거리로 나서니, 사람다운 사람이 하나도 없다
유년 시절 보았던 양귀비를 그리워하니, 눈앞에 피어나던 꽃들이 자취를 감추었다

유승도

생불生佛

푸른 강물 까마득히 내려다보이는 절벽 위
돌출한 바위에 새겨진 돌미륵
움푹 파인 돌미륵의 커다란 귀 위에서
다람쥐 한 마리
사람들이 합장하고 절을 올릴 때마다
오냐오냐
고개를 까딱거리며
도토리를 갉아 먹고 있다.

김진경

아이에게

하고 싶은 일 하며 살아라
사람의 한 생 잠깐이다
돈 많이 벌지 마라
썩는 내음 견디지 못하리라

물가에 모래성 쌓다 말고 해거름 되어
집으로 불려가는 아이와 같이
너 또한 일어설 날이 오리니

참 의로운 이름 말고는
참 따뜻한 사랑 말고는 아이야,
아무것도 지상에 남기지 말고
너 여기 올 때처럼
훌훌 벗은 몸으로 내게 와라

배창환

나무 1 –지리산에서

나무를 길러 본 사람만이 안다
반듯하게 잘 자란 나무는
제대로 열매를 맺지 못한다는 것을
너무 잘나고 큰 나무는
제 치레하느라 오히려
좋은 열매를 갖지 못한다는 것을
한 군데쯤 부러졌거나 가지를 친 나무에
또는 못나고 볼품없이 자란 나무에
보다 실하고
단단한 열매가 맺힌다는 것을

나무를 길러 본 사람만이 안다
우쭐대며 웃자란 나무는
이웃 나무가 자라는 것을 가로막는다는 것을
햇빛과 바람을 독차지해서
동무 나무가 꽃 피고 열매 맺는 것을
훼방한다는 것을
그래서 뽑거나
베어 버릴 수밖에 없다는 것을
사람이 사는 일이 어찌 꼭 이와 같을까만.

신경림

생은 아름다울지라도

달리는 고속버스 차창으로
곁에 함께 달리는 화물차
뒤칸에 실린 돼지들을 본다
서울 가는 길이 도축장 가는 길일 텐데
달리면서도 기를 쓰고 흘레하려는 놈을 본다

화물차는 이내 뒤처지고
한 치 앞도 안 보이는 저 사랑이
아름다울 수 있을까 생각한다
아름답다면
마지막이라서 아름다울 것인가

문득 유태인들을 무수히 학살한
어느 독일 여자 수용소장이
종전이 된 후 사형을 며칠 앞두고
자신의 몸에서 터져 나오는 생리를 보며
생의 엄연함을 몸서리치게 느꼈다는 수기가 떠올랐다

생은 아름다울지라도
끊임없이 피 흘리는 꽃일 거라고 생각했다.

윤재철

아름다운 사람

공기 같은 사람이 있다
편안히 숨 쉴 땐 있음을 알지 못하다가
숨 막혀 질식할 때 절실한 사람이 있다

나무 그늘 같은 사람이 있다.
그 그늘 아래 쉬고 있을 땐 모르나
그가 떠난 후
그늘의 서늘함을 느끼게 하는 이가 있다

이런 이는 얼마 되지 않는다.
매일같이 만나고 부딪는 게 사람이지만
위안을 주고 편안함을 주는
아름다운 사람은 몇 안 된다

세상은 이들에 의해 맑아진다
메마른 민둥산이
돌 틈을 흐르는 물에 의해 윤택해지듯
잿빛 수평선이
띠처럼 걸린 노을에 아름다워지듯

이들이 세상을 사랑하기에
사람들은 세상을 덜 무서워한다

조재도

고사목을 보며

자꾸만 변해야 한다고
변해야 살아남는다고 하지만
세상에 변하지 않는 것이 어디 있냐고 하지만
사는 일이 꼭 그런 것 같지는 않다
변하는 것은 나를 살리는 궁리이고
변치 않는 것은 너를 위한 궁리인 것 같다
무엇보다도 내가 본 세상의 아름다움은
아직도 변치 않는 것들에 있었으므로
사랑은 지난 사랑이라도
변치 않아야 했으므로

박두규

나무들 저렇듯 싱싱한 것은

나무들 몸으로는 푸른 피가 흐르고
벌레들은 껍질에 난 소로 따라
분주히 기어오른다
나무들 어깨 위 새들은
둥지 짓고 교미를 하고
뿌리는 흙살 파고들며
세계의 확장을 위해 안간힘이다
나무 하나가 거느린
저 넓고 깊은 세상
그러므로 나무 하나 쓰러지면
그가 세운 나라 함께 쓰러진다
나무들 저렇듯 싱싱한 것은
지키고 가꿔야 할 세상 때문이다

이재무

강아지 똥

쓸모없이 산천에 버려진 강아지 똥이
민들레꽃에 생명을 불어넣는
아름다운 동화 〈강아지 똥〉을 쓴
안동 조탑 권정생 선생님이 대구로 전화를 주셨다
강아지 새끼 가져가라……
주말에 조탑리 내려가서
어둑살이 질 때까지 좁은 방 안에서 놀다가
강아지 두 마리를 얻어 가지고 나왔다
이름을 묻는 딸애의 말에
암놈은 밥딕이고 수놈은 죽딕이다
선생님이 대답하셨다
(딕이는 댁의 경상도 사투리인데
암놈이 죽이 아니고 밥인 것이 의미심장하다)
강아지 두 마리와
승용차 뒷좌석에 나란히 앉은 딸애는
음악을 틀고 실내등을 켠 뒤
괴성을 지르고 입을 맞추며
일방적인 사랑을 퍼부었다
어미를 떠나서 불안하던 강아지가
아이의 과격한 사랑과
난생처음 보는 괴상망측한 승용차에 놀라서 그랬는지

시트에 코를 박고 낑낑거리더니
그만 똥과 오줌을 흠뻑 쌌다
에잇 똥보다 못한 인간들아 똥이나 먹어랏!
불현듯 강아지가 현대 문명 신봉자에게 주는
통쾌한 선물이다라는 생각이
내 머리를 스치고 지나갔다
차 안은 말할 수 없이 고약한 똥 냄새로 가득 찼다

김용락

늦은 저녁에

직장에서 돌아와 피곤에 지쳐
저녁밥도 못 먹고 쓰러져 잠만 잤네
놀라 깨어 일어나 보니 밤 9시
식구들 아직 아무도 돌아오지 않아
집 안은 늪처럼 괴괴한데
모래 씹듯 홀로 저녁밥을 먹고
며칠째 하지 못한 집 안 청소를 하는데
마룻바닥에 웬 개미 한 마리
집채만 한 빵 조각을 져 나르네
자빠지고 고꾸라지고 나둥그러지면서……

개미야, 개미야
네 외로움 내가 안다
네 서러움 내가 안다

양정자

멋진 풍경을 놓치다

앞만 보고 달려온 어느 날
문득 나의 발자취를 뒤돌아보니
얻은 것보다 더 많은 소중한 것들을
잃어버린 느낌이었다.

눈앞의 무지개를 찾다가
등 뒤의 멋진 풍경을
놓친 느낌이었다.

김지혜

6

흙, 고향, 생태, 생명

흙은 우리의 고향이며 생명의 집이지요.

우리는 흙에서 태어나 흙으로 돌아갑니다.

이 대지에 우리는 생명을 얻어 터전을 짓고 곡식과 짐승을 키우며 살아가지요.

그러나 오늘날 우리는 어느새 고향인 흙에서 멀어져 가고

그만큼 생명과 먼 삶을 살아가는지도 모릅니다.

떠돌이 개

눈에 눈보다 큰 눈곱이 끼었다.
얼마나 울었길래,
닦아 주지 못한 눈물이 모여서 그의 눈을
꾹, 막아 버렸을까

이다은

추석

보름달이 통통히 익으면
추석이 오고

단풍이 물들면
추석이 온다.

벼가 누렇게 익어도
추석이 오고

과일이 탐스레 익어도
추석은 온다.

추석이 오면
외가집이 시끌벅적인다.

멀리서 올라온
손자 손녀 떠드는 소리
정겹게 들린다.

배종민

할머니 댁 감나무

할머니 댁 앞
우뚝 선 큰 나무

할머니 시집올 때
함께 온 그 나무,

할머니를 닮아
인심도 좋다.

여름엔 시원한 그늘을,
가을엔 맛난 감을,

그래도 까치 줄 건
품속에 꼭 갖고 있다.

할머니도 없고,
그 집도 이젠 없지만

감나무는 아직도
외로이 그 자릴 지킨다.

박명하

고향

고향에 고향에 돌아와도
그리던 고향은 아니러뇨.

산꿩이 알을 품고
뻐꾸기 제철에 울건만,

마음은 제 고향 지니지 않고
머언 항구로 떠도는 구름.

오늘도 뫼 끝에 홀로 오르니
흰 점 꽃이 인정스레 웃고,

어린 시절에 불던 풀피리 소리 아니 나고
메마른 입술에 쓰디쓰다.

고향에 고향에 돌아와도
그리던 하늘만이 높푸르구나.

정지용

조선의 딸

저기 가는 저 큰애기를 보아라
새참으로
막걸리 든 주전자를 들고
보리밥과 김치로 가득한 바구니를 이고
반달 같은 방죽가를 돌아
시방
논둑길을 들어서는
부푼 저 가슴의 처녀를 보아라

마른 자리 반반한 풀밭을 골라
빨갛게 파랗게 원앙을 수놓은 하얀 보자기를 깔고
그 위에 들밥을 차리는 농부의 딸을 보아라
이 마을에 아니 이 나라에 하나뿐인
검은 치마 하얀 저고리를 보아라

—아부지 그만 쉬셨다 하셔요
저만큼에서 허리 굽혀 나락을 베는 아버지 곁으로 가
아버지 대신 나락을 베고
—아저씨 밥 한 술 뜨고 가세요
지나가는 낯선 사람도 불러
이웃처럼 술도 한잔 드시게 하는

조선의 딸 그 마음을 보아라
마을에 하나뿐인 아니 이 나라에 하나뿐인.

김남주

고목

대지에 뿌리를 내리고
해를 향해 사방팔방으로 팔을 뻗고 있는 저 나무를 보라
주름살투성이 얼굴과
상처 자국으로 벌집이 된 몸의 이곳 저곳을 보라
나도 저러고 싶다 한 오백 년
쉽게 살고 싶지는 않나 저 나무처럼
길손의 그늘이라도 되어 주고 싶다

김남주

나와 지렁이

내 지렁이는
커서 구렁이가 되었습니다
천 년 동안만 밤마다 흙에 물을 주면 그 흙이 지렁이가 되었습니다
장마 지면 비와 같이 하늘에서 내려왔습니다
뒤에 붕어와 농다리의 미끼가 되었습니다
내 이과책에는 암컷과 수컷이 있어서 새끼를 낳았습니다
지렁이의 눈이 보고 싶습니다
지렁이의 밥과 집이 부럽습니다

백석

산

산에는 알지 못할
무언가가 있다.

나무가 알지 못하게
자라고 있고,

흙도 알지 못하게
숨 쉬고 있다.

그리고 산은
알지 못하게
우리를 품고 있다.

서동주

손거울

어머니 젊었을 때
눈썹 그리며 아끼던
달

때까치 사뿐히 배추 이랑에
내릴 때—

감 떨어지면
친정집 달 보러 갈거나
손거울.

박용래

향수

넓은 벌 동쪽 끝으로
옛이야기 지줄대는 실개천이 회돌아 나가고,
얼룩빼기 황소가
해설피 금빛 게으른 울음을 우는 곳,

- 그곳이 차마 꿈엔들 잊힐 리야.

질화로에 재가 식어지면
비인 밭에 밤바람 소리 말을 달리고,
엷은 졸음에 겨운 늙으신 아버지가
짚베개를 돋아 고이시는 곳,

- 그곳이 차마 꿈엔들 잊힐 리야.

흙에서 자란 내 마음
파아란 하늘빛이 그리워
함부로 쏜 화살을 찾으려
풀섶 이슬에 함추름 휘적시던 곳,

- 그곳이 차마 꿈엔들 잊힐 리야.

전설 바다에 춤추는 밤물결 같은
검은 귀밑머리 날리는 어린 누이와
아무렇지도 않고 예쁠 것도 없는
사철 발 벗은 아내가
따가운 햇살을 등에 지고 이삭 줍던 곳,

- 그곳이 차마 꿈엔들 잊힐 리야.

하늘에는 성긴 별
알 수도 없는 모래성으로 발을 옮기고,
서리까마귀 우지짖고 지나가는 초라한 지붕,
흐릿한 불빛에 돌아앉아 도란도란거리는 곳,

- 그곳이 차마 꿈엔들 잊힐 리야.

정지용

겨울 동안 나무는

한 장 한 장
이름표를 내려놓는다
애써 이름표를 떨군다

마침내 몸만 남기고
내가 누구인지
생각하려고

김미희

파안

마을 주막에 나가서
단돈 오천 원 내놓으니
소주 세 병에
두부찌개 한 냄비

쭈그렁 노인들 다섯이
그것 나눠 자시고
모두들 볼그족족한 얼굴로

허허허
허허허
큰 대접 받았네 그려!

고재종

잔밭골

늦가을
해오라기 몇 마리
잠시 머물러 있는 잔밭골 논
저물 무렵 둠벙에 고여 있는
적막이 무서웠던 소년이 있다.

그해 봄
빚에 넘어가
남의 논인 줄도 모르고
훠어이 훠이 새를 쫓던 소년이여.
상기도 눈물 흘리고 있는지.
논둑 무성한 갈대는
허공에 죄 많은 육신을 맡겨
지금도 바람의 혼백을 불러내고 있는지.

오늘 밤
꿈길에라도 잔밭골 논 찾아가
눈물 많은 소년과 더불어
훠어이 훠이 적막을 깨워
모 심다가 어느새 집에 들어가
새참을 해 오시던 어머니

한 번만 한 번만 뵐 수 있다면.

홍일선

쟁기

이놈 쟁기질 하는 것이
뭐 그려
똑바로 해야지
꾸불꾸불한 이랑 좀 봐

아버지의 큰 목소리
귀에 쟁쟁 들리네
살아온 세월 뒤돌아보니
꾸불꾸불 엉망이네

먼 곳을 봐야지
이랑이 똑바른 거여
코앞만 보고 쟁기질하니
저렇게 꾸불꾸불하지

박운식

종소리 –안동의 동화 작가 권정생 씨에게

과수원 사과나무에 가려 담이 반밖에 안 보이는
산모롱이 개울가 외진 곳집 옆
궤짝 같은 두 칸 집이 그가 혼자 사는 집이다
맨드라미가 핀 손바닥만 한 마당에서
개와 토끼가 종일 장난질을 치고
학교에서 돌아오는 아이들은 떼로 몰려
질퍽질퍽 물을 밟고 개울을 건너
주인이야 있거나 말거나
젖은 발로 방에 들어가 엎드려 동화를 읽는다
늦어서 아이들과 함께 먹는 밥은
그가 생활보호 대상자라고
면에서 나오는 쌀로 지은 것이다
밤이 되면 그는 마을 안 교회로
종을 치러 간다 그 종소리를 들으면서
사람들은 오늘도 무사히 넘겼음을 감사하지만
그 종소리를 울면서 듣고 있는 것들이
따로 있다는 것을 그들은 모른다
버러지며 풀 따위 아주 작고 하찮은 것들
하지만 소중한 생명을 지닌 것들이
종소리를 들으면서 울고 있다는 것을 모른다

신경림

민지의 꽃

강원도 평창군 미찬면 청옥산 기슭
덜렁 집 한 채 짓고 살러 들어간 제자를 찾아갔다
거기서 만들고 거기서 키웠다는
다섯 살배기 딸 민지
민지가 아침 일찍 눈을 비비고 일어나
말없이 손을 잡아끄는 것이었다
저보다 큰 물뿌리개를 나한테 들리고
질경이 나싱개 토끼풀 억새……
이런 풀들에게 물을 주며
잘 잤니, 인사를 하는 것이었다
그게 뭔데 거기다 물을 주니?
꽃이야, 하고 민지가 대답했다
그건 잡초야, 라고 말하려던 내 입이 다물어졌다
내 말은 때가 묻어 천지와 귀신을 감동시키지 못하는데
꽃이야, 하는 그 애의 말 한마디가
풀잎의 풋풋한 잠을 흔들어 깨우는 것이었다

정희성

너도바람꽃

너도 풀과 나무와 함께 사는 일에 행복해 할 줄 안다면
나도 사람과 사람 사이에서 사는 일에 만족할 줄 안다
너도 바람과 천둥을 받아들이는 일이 생인 줄 안다면
나도 실수와 실패를 용인하는 일이 삶인 줄 안다
너도 새소리 꿩소리 바람에 담아 듣는 일에 귀 기울인다면
나도 슬퍼서 우는 울음을 새겨듣는 일에 마음을 열 줄 안다
너도 꽃이면 나도 사람이다
너도 바람꽃이면 나도 사람꽃이고 싶다

김윤현

마음의 고향 2

왜 그곳이 자꾸 안 잊히는지 몰라
가름쟁이 사래 긴 우리 밭 그 건너의 논실 이센 밭
가장자리에 키 작은 탱자 울타리가 쳐진
훗날 나 중학생이 되어
아침마다 콩밭 이슬을 무릎으로 적시며
그곳을 지나다녔지
수수 알이 짱쌍 여무는 가을이었을까
깨꽃이 하얗게 부서지는 햇빛 밝은 여름날이었을까
아랫내가 굽이치던 물길이 옆구리를 들이받아
벌건 황토가 드러난 그곳
허리 굵은 논실댁과 그의 딸 영자 영숙이 순임이가
밭 사이로 일어섰다 앉았다 하며 커다란 웃음들을 웃고
나 그 아래 냇가에 소 고삐를 풀어 놓고
어항을 놓고 있었던가 가재를 쫓고 있었던가
나를 부르는 소리 같기도 하고
쏴르르 쏴르르 무엇이 물살을 헤짓는 소리 같기도 하여
고개를 들면 아, 청청히 푸르던 하늘
갑자기 무섬증이 들어 언덕 위로 달려 오르면
들꽃 싸아한 향기 속에 두런두런 논실댁의 목소리와
까르르 까르르 밭 가장자리로 울려 퍼지던
영자 영숙이 순임이의 청랑한 웃음소리

나 그곳에 오래 앉아
푸른 하늘 아래 가을 들이 또랑또랑 익는 냄새며
잔돌에 호미 달그락거리는 소리 들었다
왜 그곳이 자꾸 안 잊히는지 몰라
소를 몰고 돌아오다가
혹은 객지로 나가다가 들어오다가
무엇이 나를 부르는 것 같아
나 오래 그곳에 서 있곤 했다

이시영

작은 꽃

이웃집 옥상에서
떨어진
시든 꽃 한 송이

애처로워
애처로워
그 바쁜 출근길에
당신은 꼭꼭 심어 놓고 갔습니다.

뜨거운 유월의 오후
작은 꽃은
마당 귀퉁이에 얌전히 앉아
저 혼자 배시시 웃고 있습니다.

그 꽃을 따라
나도 웃고 있습니다.

이시연

오동꽃

다 저문
골기와 집에

오동꽃,

떨어지고,

다 저문
골기와 집에

오동꽃,

떨어져서,

다 저문
골기와 집에

오동꽃,

수북하다.

이종문

새에게

새야, 너는 길 없는 길을 가져서 부럽다.
길을 내거나 아스팔트를 깔지 않아도 되고
가다가 서다가 하지 않아도 되기 때문에,
어디든 날아오를 때만 잠시 허공을 빌렸다가
되돌려 주기만 하면 되기 때문에.
길 위에서 길을 잃고, 길이 있어도
갈 수 없는 길이 너무 많은 길 위에서
새야, 나는 철없이 꿈길을 가는 아이처럼
옥빛 허공 깊숙이 날아오르는 네가 부럽다.

이태수

겨울산 참나무

겨울이 깊어 가는 산 중턱에는
어린 참나무들이 애써
누런 이파리들을 붙들고 있다

다른 나무들 낙엽 지고
앙상히 맨살로 서 떨고만 있는데
겨울이 다 가도록
서걱이며 비벼 대며 앙버티고 있다
어차피 칼바람에 눈보라 몰아치면
하나하나 떨어지고 말 테지만,

얼음장 밑에서 물이 흐르고

김종인

7

그리움,
사랑의 아름다움

여러분은 사랑의 그 거대한 힘을 본 적이 있나요?

순간순간을 기쁨으로 살아가게 하는 힘,

그리고 기나긴 겨울을 이기는 사랑의 힘,

그 힘이 어디서 나오는 것인지 생각해 보세요.

가슴을 열고 내 안에서 들리는 소리에 귀 기울여 보세요.

사랑

사랑이란
못난 사람을 높여 주고
높은 사람을 낮춰 주는 것

김상열

추억

추억이란
지나기 전엔 돌덩이
지나고 나면 금덩이

이원진

나의 꿈

당신이 맑은 새벽에 나무 그늘 사이에서 산보할 때에 나의 꿈은 작은 별이 되어서 당신의 머리 위에 지키고 있겠습니다

당신이 여름날에 더위를 못 이기어 낮잠을 자거든 나의 꿈은 맑은 바람이 되어서 당신의 주위에 떠돌겠습니다

당신이 고요한 가을밤에 그윽이 글을 볼 때에 나의 꿈은 귀뚜라미가 되어서 책상 밑에서 '귀뚤귀뚤' 울겠습니다

한용운

사랑 1

사랑만이
겨울을 이기고
봄을 기다릴 줄 안다.
사랑만이
불모의 땅을 갈아엎고
제 뼈를 갈아 재로 뿌릴 줄 안다.
천년을 두고 오늘
봄의 언덕에
한 그루의 나무를 심을 줄 안다.
그리고 가실을 끝낸 들에서
사랑만이
인간의 사랑만이
사과 하나 둘로 쪼개
나눠 가질 줄 안다.

김남주

그리움

파도야 어쩌란 말이냐
파도야 어쩌란 말이냐
임은 뭍같이 까딱 않는데
파도야 어쩌란 말이냐
날 어쩌란 말이냐

유치환

낙엽

너의 추억을 나는 이렇게 쓸고 있다.

유치환

넌 아니?

넌 아무렇지도 않게
내 옆을 비켜 가지만
내 심장은 이미
폭발한 것을.

너의 웃는 모습을 보며
나도 덩달아 기분이 좋아져
웃고 마는 것을.

너의 슬픈 모습을 봤을 때
혼자 화장실 가서 펑펑
울었던 것을.

이렇게 내가 너의 분신이라도 되는 마냥
너에 따라
웃고 우는 것을

널 좋아하는 내 마음
넌…… 아니?

손효진

후에

곁에 다가가는 건 쉽습니다.
하지만 다가가서 해야 될 일이 어려운 거죠.
인사하는 건 쉽습니다.
하지만 그 뒤에 해야 될 말이 어려운 거죠.
선물을 준비하는 건 쉽습니다.
그 선물을 보내는 게 어려운 거죠.
편지를 쓰는 건 쉽습니다.
그 편지를 보내는 게 어려운 거죠.
헤어지는 건 쉽습니다.
헤어진 뒤, 마음을 감당하는 게 어려운 거죠.
잊겠다는 다짐은 쉽습니다.
다짐처럼 잊는 게 어려운 거죠.

이소린

달 있는 제사

달빛 밟고 머나먼 길 오시리

두 손 합쳐 세 번 절하면 돌라오시리

어머닌 우시어

밤내 우시어

하아얀 박꽃 속에 이슬이 두어 방울

이용악

꽃

내가 그의 이름을 불러 주기 전에는
그는 다만
하나의 몸짓에 지나지 않았다.

내가 그의 이름을 불러 주었을 때
그는 나에게로 와서
꽃이 되었다.

내가 그의 이름을 불러 준 것처럼
나의 이 빛깔과 향기에 알맞는
누가 나의 이름을 불러다오.
그에게로 가서 나도
그의 꽃이 되고 싶다.

우리들은 모두
무엇이 되고 싶다.
너는 나에게 나는 너에게
잊혀지지 않는 하나의 눈짓이 되고 싶다.

김춘수

비밀

비밀입니까 비밀이라니요 나에게 무슨 비밀이 있겠습니까
나는 당신에게 대하여 비밀을 지키려고 하였습니다마는 비밀은 야속히도 지켜지지 아니하였습니다

나의 비밀은 눈물을 거쳐서 당신의 시각으로 들어갔습니다
나의 비밀은 한숨을 거쳐서 당신의 청각으로 들어갔습니다
나의 비밀은 떨리는 가슴을 거쳐서 당신의 촉각으로 들어갔습니다
그 밖의 비밀은 한 조각 붉은 마음이 되어서 당신의 꿈으로 들어갔습니다
그리고 마지막 하나 있습니다 그러나 그 비밀은 소리 없는 메아리와 같아서 표현할 수가 없습니다

한용운

사랑의 길

나는 처음 당신의 말을 사랑하였지
당신의 물빛 웃음을 사랑하였고
당신의 아름다움을 사랑하였지
당신을 기다리고 섰으면
강 끝에서 나뭇잎 냄새가 밀려오고
바람이 조금만 빨리 와도
내 몸은 나뭇잎 소리를 내며 떨렸었지
몇 차례 겨울이 오고 가을이 가는 동안
우리도 남들처럼 아이들이 크고 여름 숲은 깊었는데
뜻밖에 어둡고 큰 강물 밀리어 넘쳐
다가갈 수 없는 큰물 너머로
영영 갈라져 버린 뒤론
당신으로 인한 가슴 아픔과 쓰라림을 사랑하였지
눈물 한 방울까지 사랑하였지
우리 서로 나누어 가져야 할 깊은 고통도 사랑하였고
당신으로 인한 비어 있음과
길고도 오랠 가시밭길도 사랑하게 되었지

도종환

칸나꽃밭

가장 화려한 꽃이
가장 처참하게 진다

네 사랑을 보아라
네 사랑의 밀물진 꽃밭에
서서 보아라

절정에 이르렀던 날의 추억이
너를 더 아프게 하리라 칸나꽃밭

도종환

아내의 손 2

저녁밥 먹다가
문득 눈에 띈 아내의 손

팔자에 복이 없어
아들만 둘 낳아
평생토록
손에 물 마를 날 없겠다고
웃으며 내밀던 손

하루 여섯 시간 잘 때 말고는
밥 짓고 빨래하느라
애들 뒷바라지하느라
살림살이에 보탠다고
밤 까고 도라지 까느라
쉴 새 없이 움직이는 그 손

나이보다
손이 더 늙은 아내

서정홍

약혼

꽃처럼 곱던 시절은 다 갔구나
까칠한 네 얼굴을 보니
지난 몇 해가 어제만 같다
다 그런 거라고 나는 능청을 떨지만
손쉽게 다 그럴 수는 없는 거였지

꽃같이 여리던 시절도 이제 다 가고
험한 세상 없이 살자면
튼튼한 몸뚱이밖에 믿을 게 없다
오직 말할 것은
굳세어라 마누라야

저 세상 갈 때까지 한솥밥 먹으며 부대껴 보자고
마른 네 손가락에 반지를 끼우는 날
실없이 나는 눈물 난다
이 아름다운 약속이
기쁘기도 해서 쉽기도 해서

김사인

풀꽃 반지

벌거벗은 그 친구
냇가로 들판으로
짓궂게 달려와서
모른 척 툭 던지던
시방, 나
그 풀꽃 반지
뜬금없이 끼고 싶다.

조명선

야생화에게

말하지 않아도 사랑이란 걸 알아요
바람에 흔들리며 피어 있는 외로움
창 열린 낯선 민박집 별을 헤던
그날 밤

김영재

토끼풀

삶이란 원래
자잘한걸
삶이란 처음부터
일상적인걸
촉촉한 손을 내밀어
꼭 잡아 주면
이렇게 행복인걸
세 잎이면 어떻고
네 잎이면 어떠리
바람이 불면
같이 흔들리고
그 흔들림 끝에 오는 슬픔도
같이 하면서 함께 일어선다
옹기종기

김윤현

8

시, 역사의 꽃

시인은 그가 살아가는 시대의 가장 부드럽고 예민한 더듬이를 갖고 있습니다.

그러므로 우리는 시인들의 시를 통해서 우리 시대의 아픔과 기쁨,

상처와 진실의 참모습을 고스란히 볼 수 있답니다.

내가 너만 한 아이였을 때

내가 너만 한 아이였을 때
늘 약골이라 놀림 받았다.
큰 아이한테는 떼밀려 쓰러지고
힘센 아이한테는 얻어맞았다.

어떤 아이는 나에게
아버지 담배를 가져오라 시키고
어떤 아이는 나에게
엄마 돈을 훔쳐 오라고 시켰다.

그럴 때마다 약골인 나는
나쁜 짓인 줄 알면서도 갖다 주었다.
떼밀리는 게 싫었기 때문이다.
얻어맞는 게 두려웠기 때문이다.

그러던 어느 날 나는 생각했다.
언제까지 이렇게 살아야 하나?
떼밀리고 얻어맞으며 지내야 하나?
그래서 나는 약골들을 모았다.

모두 가랑잎 같은 친구들이었다.

우리는 더 이상 비굴할 수 없다.
얻어맞고 떼밀리며 살 수는 없다.
어깨는 겨누고 힘을 모으자.

처음에 친구들은 주춤거렸다.
비실대며 꽁무니 빼는 아이도 있었다.
일곱이 가고 셋이 남았다.
모두 가랑잎 같은 친구들이었다.

우리는 약골이다.
떼밀리고 얻어맞는 약골들이다.
그러나 약골도 힘 뭉치면 힘이 커진다.
가랑잎도 모이면 산이 된다.

한 마리의 개미는 짓밟히지만,
열 마리가 모이면 지렁이도 움직이고
십만 마리가 덤벼들면 쥐도 잡는다.
백만 마리가 달려들면 어떻게 될까?

코끼리도 그 앞에서는 뼈만 남는다.
떼밀리면 다시 일어나자!

맞더라도 울지 말자!
약골의 송곳 같은 가시를 보여 주자!

내가 너만 한 아이였을 때
우리나라도 약골이라 불렸다.
왜놈들은 우리 겨레를 채찍질하고
나라 없는 노예라고 업신여겼다.

민영

아베 교장

아베 쓰도무 교장
뚱그런 안경에 고초당초같이 매서운 사람입니다
구두 껍데기 오려 낸
슬리퍼 딱딱 소리 내어 복도를 걸어오면
각 교실마다 쥐 죽어 버리는 사람입니다
2학년 때 수신 시간에
장차 너희들 뭐가 될래 물었습니다
아이들은
대일본제국 육군 대장이 되겠습니다
해군 대장이 되겠습니다
야마모또 이소로꾸 각하가 되겠습니다
간호부가 되겠습니다
비행기 공장 직공이 되어
비행기 만들어
미영귀축을 이기겠습니다 할 때
아베 교장 나더러 대답해 보라 했습니다
나는 벌떡 일어나서
천황 폐하가 되겠습니다
그 말이 떨어지자마자
청천벽력이 떨어졌습니다
너는 만세 일계 천황 폐하를

황공하옵게도 모독했다 네놈은 당장 퇴학이다
이 말에 나는 주저앉아 버렸습니다

그러나 담임 선생님이 빌고
아버지가 새 옷 갈아 입고 가서 빌고 빌어서
간신히 퇴학은 면한 대신
몇 달 동안 학교 실습지 썩은 보릿단 헤쳐
쓸 만한 보리 가려내는 벌을 받았습니다
날마다 나는 썩은 냄새 속에 갇혀 있었습니다
땡볕 아래서나 빗속에서나 나는 거기서
이 세상에서 내가 혼자임을 깨달았습니다
그 석 달 벌 마친 뒤 수신 시간에
아베 교장은 이긴다 이긴다 이긴다고 말했습니다
대일본제국이 이겨
장차 너희들 반도인은 만주와 중국 가서
높고 높은 벼슬한다고 말했습니다
B-29가 나타났습니다 그 은빛 4발 비행기가 왔습니다
교장은 큰소리로 말했습니다
저것이 귀축이다 저것이 적이라고 겁도 없이 말했습니다
그러나 아베 교장의 어깨에는 힘이 없었습니다
큰소리가 작아지며 끝내는 혼자의 넋두리였습니다

그 뒤 8·15가 왔습니다. 그는 울며 떠났습니다

고은

두만강 너 우리의 강아

나는 죄인처럼 수그리고
나는 코끼리처럼 말이 없다
두만강 너 우리의 강아
너의 언덕을 달리는 찻간에
조고마한 자랑도 자유도 없이 앉았다

아모것두 바라볼 수 없다만
너의 가슴은 얼었으리라
그러나
나는 안다
다른 한 줄 너의 흐름이 쉬지 않고
바다로 가야 할 곳으로 흘러내리고 있음을

지금
차는 차대로 달리고
바람이 이리처럼 날뛰는 강 건너 벌판엔
나의 젊은 넋이
무엇인가 기다리는 듯 얼어붙은 듯 섰으니
욕된 운명은 밤 위에 밤을 마련할 뿐

잠들지 말라 우리의 강아
오늘 밤도
너의 가슴을 밟는 뭇 슬픔이 목마르고
얼음길은 거칠다 길은 멀다

길이 마음의 눈을 덮어줄
검은 날개는 없느냐
두만강 너 우리의 강아
북간도로 간다는 강원도 치와 마주 앉은
나는 울 줄을 몰라 외롭다

이용악

절정

매운 계절의 채찍에 갈겨
마침내 북방으로 휩쓸려 오다

하늘도 그만 지쳐 끝난 고원
서릿발 칼날 진 그 위에 서다

어디다 무릎을 꿇어야 하나?
한 발 제겨디딜 곳조차 없다.

이러매 눈 감아 생각해 볼밖에
겨울은 강철로 된 무지갠가 보다.

이육사

• 제겨디디다 | 발끝이나 발뒤꿈치만으로 땅을 디디다.

술을 마시고 잔 어젯밤은

술을 많이 마시고 잔
어젯밤은 자다가 재미난 꿈을 꾸었지.

나비를 타고 하늘을 날아가다가
발 아래 아시아의 반도
삼면에 흰 물거품 철썩이는
아름다운 반도를 보았지.

그 반도의 허리, 개성에서
금강산 이르는 중심부엔 폭 십 리의
완충지대, 이른바 북쪽 권력도
남쪽 권력도 아니 미친다는
평화로운 논밭.

술을 많이 마시고 잔 어젯밤은
자다가 참
재미난 꿈을 꾸었어.

그 중립지대가
요술을 부리데.
너구리 새끼, 사람 새끼 곰새끼 노루 새끼들

발가벗고 뛰어노는 폭 십 리의 중립지대가
점점 팽창되는데,
그 평화지대 양쪽에서
총부리 마주 겨누고 있던
탱크들이 일백팔십도 뒤로 돌데.
하더니, 눈 깜박할 사이
물방개처럼
한 떼는 서귀포 밖
한 떼는 두만강 밖
거기서 제각기 바깥 하늘 향해
총칼을 내던져 버리데.

꽃피는 반도는
남에서 북쪽 끝까지
완충지대,
그 모오든 쇠붙이는 말끔이 씻겨 가고
사랑 뜨는 반도,
황금 이삭 타작하는 순이네 마을 돌이네 마을마다
높이높이 중립의 분수는 나부끼데.

술을 많이 마시고 잔

어젯밤은 자면서 허망하게 우스운 꿈만 꾸었지.

신동엽

문석이 형님

형님 형님
문석이 형님

40년을 그리도 보고 싶었던
형님 문석이 형님

1946년 봄이었지요
북간도 용드레마을에서 작별한 것이
그때 형님의 나이 서른하나
내 나이 스물여덟
한창 나이였지요

그해 여름 난 압록강 건너
38선 지나 서울로 왔구요
형님이 회령으로 나오셨다는 소식
들어 알고 있었습니다
형님은 그럭저럭 40년을 회령에 붙박여 사셨군요
내가 장돌뱅이처럼 떠도는 동안
그동안 나는 아들 셋에 딸 하나 낳고
손주 손녀 다섯이나 벌었답니다
형수님의 그 곱던 얼굴 얼마나 늙으셨을까

원석이 그 녀석이 벌써 작년에 회갑이었다구요
얼마 전 그때 훈춘에서 나왔던 노석의 아들과 함께 박은
사진을 받고 이곳에선 참 기적 같은 일입니다만
난 숨이 맞는 것 같았습니다
형님 문석이 형님
형님의 얼굴이 바로 분단 40년이군요
왜 사진기의 렌즈마저 외면하셨죠
사진기 렌즈라도 똑바로 들여다보았더라면
나하고 눈이라도 마주쳤을 텐데

이마 하나는 예나 지금이나 시원한데
그 넉넉하던 웃음은 그림자도 없군요
내 얼굴에서 웃음을 앗아 간 검은 손
그게 바로 분단이 아니냐고
피맺힌 민족의 한이 아니냐고
온 겨레가 달려들어 무너뜨려야 할 절벽이 아니냐고
그 앞에서 우리 모두 한겨레로 허물어져야 하는
불구대천의 원쑤 아니냐고
형님의 씁쓸한 눈매가 꽉 다문 입으로
나의 얼굴을 후려치는군요
형님 형님 문석이 형님

고생이야 많았겠지만 그게 뭐 대숩니까
찢겨진 조국 나누인 겨레가 찢긴 대로 나누인 대로

눈을 흩기고 피를 흘리는 일이 원통해서
눈을 못 감고 죽은 넋들의 눈물
이 아침에도 나뭇잎 풀잎에서 뚝뚝 떨어지는데
떨어져 가슴을 파고 드는데
우리는 이렇게 멀쩡하게 살아 있었군요
온갖 못 볼 꼴 다 보면서도
용케 용케 살아 있었군요

기다림이라는 게 무엇입니까
40년이나 벙어리 냉가슴 앓고 있다는 게 도대체 무엇입니까
벌떡 일어서 사진에서 걸어 나오라구요
팔씨름이라도 해보자구요
아니 이렇게 앉아 있는 것 편해
그럴지도 모르지요
아아아아 그런데 그게 아니군요
나의 눈을 피하는 형님의 눈은 그냥 서러운 게 아니군요
슬며시 분노하고 있군요

강산이 네 번이나 바뀌도록
우리를 조여 매는 사슬에 분노하고 있는 거겠지요
아직도 이 사슬 끊어 버리지 못하는 역사에 분노하고 있는 거겠지요
그렇게 속으로만 끙끙 앓지 말고
렌즈를 뚫어지게 들여다보라구요 형님
내 눈도 꽤 분노하고 있으니까
렌즈를 뚫고 두 눈길 마주쳐 보자구요

불길이 이나 안 이나

역사란 별 게 아니라는 걸 나도 요즘 슬슬 알게 되었습니다
형님 형님 문석이 형님
역사라는 게 서두른다고 되는 게 아니지만
천년을 하루같이 느긋이 기다리는 면도 있어
그런대로 나쁘기만 한 건 아니지만
구들장이 들썩들썩하게 눈보라 휘몰아치는 밤
화끈하게 아궁에 군불을 지피고
먹을 것 못 먹을 것 죄다 쓸어 넣고
부글부글 찌개를 끓여 놓고

막걸리 잔을 돌리며 목이 터지게
〈선구자〉
〈두만강 푸른 물에〉
〈독립군〉
〈통일꾼〉
노래를 소리쳐 부르다 보면 어느새
영창이 훤히 밝아오는 일
바로 그게 역사라는 걸 난 조금씩 알게 되었습니다

난 형님과 술자리 한판 벌여 보지 못했네요
이젠 익환이도 꽤 술 마실 줄 알게 되었다구요
놀라운 일이구나
너하구 술판을 벌인다면

휴전선이 아니라
그 이상의 것이라도 헤치며 가마
형님 그게 그리 간단한 게 아닙니다 그러나 역사란 그 마음이면 되긴 됩니다
해 보자구요 형님
밑져야 본전 아닙니까
통일도 사람이 하는 건데

형님이라고 나라고 못하라는 법이 어디 있습니까
형님 형님 문석이 형님
이제야 통일이 무언지 알 것 같습니다
통일이라는 것도 그러고 보면
별로 대단할 게 없군요
형님하고 나하고 오다 가다
북청이나 단천쯤 어느 주막에서 만나
술자리 한판 떡 벌어지게 차리고
마시다 마시다 곤드레가 되는 일이군요
그 자리에서 벌어지는 일을 형님은 뭐라고 하겠습니까
그게 해방이지 뭐겠니
그게 40년이나 우리 모두 가슴을 쥐어짜며 빌던
민족 해방이지 뭐겠니
형님 형님 문석이 형님
북쪽에도 아직 해방이라는 말이 있었군요
남쪽의 해방 북쪽의 해방
남쪽의 떨거지들 북쪽의 떨거지들이
술판을 벌이고 얼싸안고 뒹굴며

눈물로 무너지는 걸 형님은 뭐라고 하겠습니까
그건 뼈 마디마디 녹아내리는 일 아니겠니

그렇군요
종종걸음으로 가난한 살림 꾸려 가시던
이모님의 발목뼈뿐이겠습니까
침장이 이모부님의 손목 손가락뼈뿐이겠습니까
개 뼉다구 소 뼉다구뿐이겠습니까
소나무 물푸리나무 마른 마디뿐이겠습니까
하늘도 땅도 왕창 녹아내려
끝없는 바다로 출렁이는 일이겠군요
모든 걸 끌어안고 울음으로 터지는 일 아니겠니
그렇군요
모든 것이 우리의 목소리 우리의 사랑이 되는 일이겠군요
찢기고 갈라지는 아픔 눈물로 씻어 내리는
우리의 목소리 우리의 사랑이 되는 일이겠군요

형님 형님 문석이 형님
곧 만나자구요
곧 만나자구요
곧 만나자구요

문익환

가을 하늘

오늘처럼
눈부시도록 하늘이 맑은 가을날이면
빠알간 사과들이 뉘긋뉘긋 익어 가는
황해도 사리원 과수원길 어드메쯤이나
영변 박천 아니면
함경도 신포 같은 작은 시골읍 어느 곳
서러운 내 누이의 눈물방울처럼 투명한
북위 사십 도의 찬 하늘을 머리에 이고
코스모스 한들거리며 떼 지어 핀 학교 길을
어느 여인이 걸어가고 있을 것 같다
인민학교 하급반을 맡고 있는 여선생이거나
협동농장의 여맹 간부일지도 모를 어느 여인이
검정 치마 흰 저고리에 가슴을 여미고
신발은 검은 하이힐이 오히려 더 어울리는
갸름한 얼굴에 서글한 눈매를 하고
기왕이면 고웁게 빗어 올린 쪽머리에
무우싱 같은 푸른 젊음이 버젓이 남아 있는
30대 중반의 조용한 여인이라면 더욱 좋겠지
그렁그렁한 눈 가득 조선의 슬픔을 담은
내 마음 속 누이 같은 모습은 한 여인이
필시 북녘 땅에 지금도 있을 것 같다

오래전부터 내 여인이여!
이 땅 내가 사랑해야 할 몫의 여인이여!
한 번쯤 그 여인과 사랑을 하고 싶다
이곳 남녘에도 그대의 서늘한 눈망울처럼
우수수 가을이 왔다고 편지라도 쓰고 싶다
쳐다보면 자꾸만 눈물이 나는
저 코스모스 위 북녘의 가을 하늘

정도원

오늘의 꿈

어제 저녁
TV를 보다가
나는 어떤 곳으로 갔습니다.
아마 만해 선생처럼 잠 없는 꿈을 꾼 것이겠지요.

거리로 나섰습니다.
땅이 액체에 적어 있었습니다.
눈물이었습니다.
통일의 기쁨에 떨어진 눈물이었습니다.

그렇습니다.
방금 전 토끼는 호랑이가 되었습니다.
혀가 잘렸던 토끼는 위용을 자랑하는 호랑이가 되었습니다.

거리로 나왔습니다.
분단을 아파하던 시인의 붓이 꺾여져 있었습니다.
아침이면 학교 가는 길에 모여 있던
'노가다' 아저씨들도 보이지 않았습니다.
대신 콜라병이 깨져 있었습니다.

역으로 향했습니다.

통일 기념 평양·부산 간 왕복 열차를 탔습니다.
옛날
38선이 있던 자리에는 이미 학술단의 연구가 시작되었을 뿐
쇳조각은 보이지 않았습니다.

그리고, 그곳에서
쇳조각들이 성능을 겨루던 바로 그곳에서
만해의 임을 만났습니다.
만해의 임은 나에게 투덜거리며 말했습니다.
"왜, 이제야 내 찢어진 배를 꿰매는가?
왜, 이제야 내 찢어진 배에서 흐른 눈물형 피를 수혈하는가?"
그러나 임의 얼굴은 밝았습니다.

멀리 평양역이 보였습니다.
부러진 쇳조각 위에 임의 얼굴, 무궁화가 피어 있었습니다.
그리고, 보신탕 집에서, 뱀탕 집에서, 거리의 노점상에서
먹고 마시고 웃고 있는 부산 시민과 평양 시민을 보았습니다.
다시 열차에 몸을 실었습니다.
지쳤지만, 그러나 기쁜 내 육신을 집 안에 밀어 넣고
TV를 켰습니다.
이번 통일의 기쁨이 넘치는 여러 곳을 중계하고 있었습니다.

그 다 부서진 흑백 TV가
그렇게 고마웁게 느껴진 것은 처음이었습니다.

다시 임의 얼굴이 나타났습니다.
무수한 사람 속에서 나는 그 임의 목소리를 들었습니다.
"내 꿰매진 배에 흉터 없애는 약을 바르는 그런 멍청한 짓은 제발 하지 마시오. 차라리 그 흉터를 자랑스럽게 보일 수 있도록 해 주시오. 감추기보다 떳떳이 알릴 수 있는 그것이 한민족 본연의 자세요."

다시 밖으로 나왔습니다.
땅이 아직은 젖어 있었습니다.
나는 너무 기뻐
울컥 치미는 울음을 내뱉고 말았습니다.

안타깝게도 그만 그 바람에 잠을 깼습니다.

TV에선 터지고 콩 볶고 하는 장면이 방영되고 있었습니다.
옆방의 한 꼬마는 "야! 신난다. 나쁜 놈들 다 죽어라" 하고 외치고 있었습니다.
'어떤 사상이나 비인간적인 행동을 알리는 것은 좋다. 허나,

억지로 끌려간 한 동족이 이유도 모른 채 죽어 가는 것을 보고 기뻐하게 만든다는 것은 얼마나 어리석은 행동인가?'

꼬마의 그 소리를 들으며 이런 생각을 했습니다.

나는 계속 쏟아지는 그 쇳조각 소리를 들으며 그만 잠이 들었습니다.

아침입니다.

학교로 나섰습니다.

땅은 젖어 있었습니다.

그것은 눈물이었습니다.

하지만 그것은 통일의 기쁨에 혹은, 분단의 슬픔에 떨어진 눈물이 아니었습니다.

이미, 이 땅의 인간들은 그로 인해 흘릴 눈물이 없었습니다.

그 눈물은

남을 보다 못 눌렀다는 석차표 들고 가는 내 친구의 눈물이었습니다.

이번 인사이동에서 떡값 좀 넣고 승진해 기뻐기뻐

울며 가던 직장인의 눈물이었습니다.

경쟁 회사와의 큰 경쟁을 일부러 시작해 결국 그 회사를 무너뜨리고 그룹으로 발전한 회장의 기쁨의 눈물이었습니다.
살려고 살려고 발버둥 치다가 결국은 대기업에 묻혀
망해 버린 중소기업의 한 공원의 눈물이었습니다.

태양은 다시 떠올랐고,
학교 가는 길에는 전처럼 '노가다' 아저씨들이 있었습니다.

전과 조금도 다름이 없었습니다.
배 찢어진 채 신음하는 임도 그대로요,
토끼도 호랑이는 아니었습니다.
그러나,
삶의 불길을 태우는 사람의 땀도 떨어져 있는
그 전과 똑같은 그 땅을 보며
나는 슬퍼할 수밖에 없었습니다.

한영근

단풍

개마고원에 단풍 물들면
노고단에도 함께 물든다.
분계선 철조망
녹슬거나 말거나
삼천리 강산에 가을 물든다.

류근삼

태실

서진산 기슭,
자궁처럼 깊고 양수처럼 따뜻한 곳에 태를 묻었다

어미의 육신에서 떨어져 나오는 아이의 숨소리
줄을 가르고 난 태는 차갑게 식어 간다
깊은 궁궐 어느 전각 아래서 왕자를 낳은 어미들의 자랑,
슬픔
태가 가를 때 그들의 운명도 갈렸다
그중 몇은 왕이 되고, 몇은 역적이 되었다
아픔도 죽음도 원한도 세월이 흐르면 한 줄 역사가 된다
태실 앞에서 나는 또 다른 시간, 또 다른 역사를 읽는다

별과 달이 지지 않는 땅,
태는 낡은 비석 아래 여전히 함께 있다
고요한 적막을 깨고 소나무 사이로 산비둘기 운다

이윤경

• 태실 | 경북 성주군 월항면에 있는 세종대왕자태실.

돌담

할머니네 집 마루에 앉아
우뚝 세워진 돌담을 바라보면
그 건너편엔 예쁜 꽃들이 살짝 보이고
돌담 위로는 이름 모를 넝쿨이
힘겹게 올라옵니다.

같은 땅인데도
서로 넘어오겠다고
줄기마다 꼬불꼬불 힘들어하는 게
너무 안쓰럽습니다.

돌담 하나 사라지면
저 넝쿨도 낑낑대지 않을 테고
건너편 예쁜 꽃들도 잘 보일 텐데
돌담은
꿋꿋이 자리를 버티고 있습니다.

"할머니, 내년엔 담 없애요.
그러면 할머니 집 마당이
더 아름다워지고
건너편 예쁜 꽃을 잘 볼 수 있을 거예요."

이소혜

내 눈 속에 내리는 눈

서대문구 홍은동 산 40번지
그때도 이렇게 눈이 왔지
농사일 끝내 놓고 누님 집에 다니러 간 나는
누님 도와 한동안 연탄 배달을 했다
사람 하나 겨우 비낄 수 있는
꼬불꼬불 언 비탈길 언덕 집에
연탄 한 지게 스무 장을 배달하면
그때 돈 이백 원이 남았던가 삼백 원이었던가
몸은 온통 땀으로 젖고

하루 종일 연탄을 배달해도
덕지덕지 루핑 덮은 누님 집 부엌엔
전날 들고 간 연탄 서너 장과 보리쌀 한 봉지
방 안엔 어린 조카 셋이 이불을 들쓰고 있었다
그때 누님 나이 마흔 내 나이 열아홉
마주 보고 비탈길에 기대어 쉴 때면
밤새 끙끙대며 잠 못 이루고 앓을
가쁜 숨을 몰아쉬는 누님 보기가 참담하여
나는 한 줄 시라는 것을 썼던가
없는 사람들은 이렇게 추운 겨울을
스스로 제 몸을 태워서 견딜 수밖에 없는 것인가라고

이제 내 나이 마흔아홉 누님 나이 일흔
더는 올라갈 곳 없는 산꼭대기 전셋집을 전전하다
재개발 딱지 한 장 없이 누님의 삼십 년은 길거리에 나앉고
나이만큼이나 켜켜이 쌓이는 내 빚더미 시린 어깨 위에
아무것도 심겨지지 않은 저 밭 위엔
다시 겨울이 오는가 쌀밥 같은, 아
쌀밥 같은 눈은 오는가

박형진

《시 읽기 자료집》 제작으로 시작한 나의 시 수업

1. 시 교육에 대한 고민

"시 교육, 어떻게 하면 좋을까?"
이렇게 화두를 던지고 나면 갑자기 할 말을 잃고 막막해진다. 지금까지 시 교육을 해 오지 않은 것도 아닌데 왜 그럴까? 물론 특활 시간 문예반이나 동아리 활동을 통해서 관심이 있는 학생들을 대상으로 몇몇 시집을 읽는다거나 시화전 준비를 위해 창작시를 서로 감상하고 토론하는 풍경은 더러 있었다. 그러나 교육과정이 바뀌면서 앞으로 감상과 더불어 시 창작이 자리를 찾아 균형을 맞춰야 할 터인데, 전체 학생을 대상으로 국어 시간에 어디서부터 무엇을 가르쳐야 할 것인가? 하는 고민이 절실히 필요한 시점이다. 이런 때에 시 창작 교육이 어딘지 모르게 생소하게 느껴진다면 무엇이 잘못된 것일까?

사실 시 교육이라면 좋은 시를 골라서 읽을 줄 알고 시를 암송하고 즐기며 나아가 자기의 진실을 시로 옮겨 보는 것이 전부일 터인데, 시험을 전제로 교과서 시를 잘게 찢어서 분석하고 시인의 약력과 시적 경향 같은 것을 암기하는 일에 매달리면서 아이들을 시로

부터 까마득히 멀어지게 만드는 교육을 해 왔고, 지금도 거기서 한 발짝도 나아가지 못하고 있는 것이 엄연한 현실이다. 여기에는 그런 시 교육을 강제하는 입시 제도나 교과서에 수록된 시 자체를 문제삼을 수 있고, 시 교육을 하기 어려운 여건과 우리 자신의 적극성 부족을 지적할 수도 있을 것이다.

그럼에도 시 감상·창작 교육을 언제까지나 여건만을 탓하고 있을 것이 아니라 지금 당장이라도 시작하지 않으면 안 되는 이유는 충분히 있다. 학생들의 시 교육은 대학에서 문학을 전공하지 않는 이상 중·고등학교에서 대부분 끝이 난다. 오늘날 상업주의 출판 문화에 휩쓸려 중심을 잃고 이끌려 가는 우리 독자들의 수준은 대부분 중·고등학교 시절에 이미 길러진 것이다. 그러므로 곧 어른이 될 학생들이 문학에 대해 올바른 관점과 흥미를 갖게 하는 것은 올바른 독자를 길러 내는 교육으로서도 일단 중요하다.

시 교육을 당장 시작해야 하는 또 다른 이유로 시 교육에서 우리가 인간 형성의 소중한 교육적 효과를 기대할 수 있다는 점도 빼놓을 수 없다. 언어의 압축적인 형상화를 특징으로 하는 시를 읽고 쓸 때, 우리는 시인과 나, 그리고 세계와 나 사이의 대화를 경험하게 된다. 시 읽기와 쓰기는 언제나 자기 자신과의 대화이고, 자기 발견과 자기표현 활동이 된다. 시에서 우리 아이들이 삶의 아름다움과 지혜, 역사적 상상력을 획득케 함으로써, 그들이 살아가야 할 세상에서 올바른 인생과 가치에 대한 직관을 갖게 하고, 자신과 이웃을 동시에 놓고 생각할 수 있는 감동의 폭이 있는 인간으로, 지성과 감성이 고루 발달된 전인적(全人的) 인간으로 변모시켜 낼 수가 있다. 이것은 시 교육이 본질적으로 학생들의 인간 교육의 내용적 큰 틀 안에서 이루어질 수 있다는 것을 의미한다.

이런 생각 끝에 나는 비록 현재의 여건이 성숙되어 있지 않다 하더라도 시 교육을 더 이상 미룰 수 없다는 결론에 도달하게 되었다. 그리고 그 길을 가까운 곳에서 찾아보기로 했다. 곧 아이들에게 좋은 시를 보여 주면서 아이들을 시 감상과 창작 공부의 주체로 세우는 데서 시작해 보자는 생각을 하였고, 시 읽기 자료집 제작을 위한 준비 작업에 들어갔다. 교과서만으로는 제대로 된 시 교육을 하기가 거의 불가능하고, 또 좋은 교과서가 만들어지기를 세월없이 기다리는 것보다는 나름대로의 교재를 만들어 활용하는 것이 필요하고, 또 앞으로 교과서 제도의 변화를 위해서도 바람직한 일이라는 생각이었다.

2. 시 읽기 자료집을 만들다

시가 우리 삶과 관련된 것이 분명하고, 삶 속에서 살아 있도록 하기 위해서는 우선 시를 재미있게 읽는 것부터 가르쳐야 하고, 어떤 시가 참으로 '맛있는' 좋은 시인지를 가릴 줄 아는 것에서 시작해야 한다. 그러나 교과서에 수록된 시는 대부분 학생들의 삶과 동떨어진 시가 주를 이루고 있고, 전문 시인들의 시가 대부분인 반면, 학생들이 쓴 시가 거의 없을 뿐 아니라, 독자인 학생들의 수준을 별로 고려하지 않은 시들이 많았다. 사실 이 출발점에서부터 시 교육은 벽에 부딪혀 있다.

그러므로 학생들이 감상하고 모방할 만한 좋은 시 자료를 충실하게 준비하고 친절하게 제공해 주는 것이 교사가 가장 먼저 할 일이며, 언제나 좋은 시를 풍부하게 갖고 있어야 한다는 것이 내 생각이다. 시 교육을 하는 교사에게 가장 값진 정보의 목록은 좋은 시 자료일 수밖에 없다. 시가 문학이요 언어예술인데 예술은 원래 모방으로 시작하는 것이 아닌가. 그러므로 시 감상과 창작 교육의 성패는 학생에게 모방할 만한 좋은 시를 충분할 정도로 많이 제공할 수 있느냐 없느냐에서 갈린다.

학생들이 우선 시에 흥미를 느낄 수 있도록 하지 못하면 시 읽기는 괴로운 일이 될 수밖에 없고 시 교육은 더 이상 앞으로 나가기 어렵기 때문이다.

그러면 어떤 시가 좋은 시일까? 중학생과 고등학생, 남학생과 여학생, 도시 학생과 농촌 학생이 관심과 흥미, 삶의 조건이 다르기 때문에 세심한 고려가 있어야 하겠지만, 일차적으로 고려해야 할 점은, 아이들의 삶에 접근하는 시이면서 아이들의 눈높이에 서 있는 시, 곧 아이들의 지적, 감성적 수준에서 일단 이해할 수 있는 시라야 할 것이다. 아이들 스스로 "이야! 정말 시란 이런 것이구나!"라고 느낄 수 있는, 말하자면 시에 대한 나름대로의 '감'을 잡을 수 있는 그런 시가 되어야 할 것이다. 거기에 좀 더 구체적으로 덧붙이자면 개인적, 역사적 삶의 진실이 녹아 있는 시, 일상적 삶 속에서 그냥 지나치기 쉬운 것에서 새로움을 발견할 수 있는 시, 사물의 아름다움과 생명의 가치를 담고 있는 시, 시의 내용과 형식이 잘 조화를 이루고 있는 시 등이 될 것이지만, 중요한 것은 교사가 학생들의 눈높이를 잘 알고 있어야 한다는 점이다. 그것은 경험을 통해서 또 학생들과 호흡을 같이 하면서 체득할 수밖에 없다.

좋은 시는 그 자체가 이미 훌륭한 교재일 뿐 아니라 지침서이고 좋은 교사이다. 교사는 그 시를 교재로 하여 아이들에게 어떤 것을 해석하고 가르칠 것인가를 고민할 필요가 없으며, 아이들이 시를 읽고 무엇을 느꼈는지를 발표하게 하고, 여러 학생들의 발표 내용을 모아 종합하기만 해도 시에 대한 감상은 충분하다. 아이들이 시를 이해하지 못하는 것은 아이들의 이해력 부족 때문이 아니라, 아이들이 이해할 만한 시를 보여 주지 못한 데서 오기 때문이다.

실제로 아이들은 시 읽기 수업을 하면서 재미를 느낀 시에 대해서는 놀랄 만큼 열성적으로 덤벼들었을 뿐 아니라, 시 창작할 때나 암송할 때도 별로 불평을 하지 않았다.

올해 시 감상 창작 교육을 시작하면서 다음과 같은 몇 가지 점을 착안하여 시 창작 교육의 줄기를 잡았는데, 열거하면 "①좋은 시를 자료집으로 엮어 제공하여 학생 스스로 자신의 애송시를 뽑고 애송시 테이프와 애송 시집을 제작할 수 있게 한다. ②학생들이 시를 즐기고 암송할 수 있도록 한다. ③수행 평가를 통해서 학생들의 관심과 참여를 높인다. ④자료집을 활용하여 다양한 시 창작 수업을 전개한다. ⑤창작된 시를 학생들의 학교생활 공간에서 발표할 수 있는 기회를 다양하게 제공한다. ⑥연말에 성과를 모아서 내년도 시 읽기 자료집을 제작한다." 등이었다.

이어서 자료집에 수록할 시를 백여 편 뽑아서 일단 시 읽기 자료집 제작에 들어갔는데, 이때도 다음과 같은 몇 가지 원칙을 지키기로 했다.

"①지은이 소개를 뒤편에 따로 수록하여 학생들이 지은이에 대한 선입견을 갖지 않도록 한다. ②학생과 시인(동시인) 구별 없이 섞어서 수록한다. ③중간에 그림판과 만화, 컷 등을 수록하여 학생들의 시각적 관심과 흥미를 유발시킨다. ④학생이 자율적, 주도적으로 학습할 수 있는 빈 난을 만들어 둔다. ⑤애송시를 선정하여 적어 두는 난을 마련한다."

이런 원칙에 맞추어 학교에서 자료집을 제작해서 아이들에게 나누어 주고부터 시 교육에 상당한 탄력이 붙게 되었다.

3. 시 읽기 자료집을 가지고 시작한 나의 시 수업

수업 시작 전에 여건 만들기
– 창의적 수업 활동 시수 확보·2시간 연강·수행평가 계획

시 감상 창작 교육을 교과서에 얽매이지 않고 시 읽기 자료집을 활용하여 수업하기 위해서는 수업 시수를 충분히 확보할 필요가 있다. '읽기', '쓰기', '문학'을 통합하는 창의적 수업으로 준비하고 시간 계획을 세우면 학교의 결정을 얻는 것은 어려운 문제가 아니다. 주당 1시간, 연간 33시간까지 가능하며 그중에 시 교육 시간을 최소 16시간 이상으로 하고 나머지는 소설, 연극 등 통합 영역의 여러 부분에 활용하기로 하고 계획을 세운다.

한편, 수업 시수를 두 시간짜리로 편성하는 것은 창의적인 학습을 위해 가장 시급히 해결해야 할 문제이다. 두 시간짜리 수업을 넣어서 주당 4시간의 시간을 1, 1, 2시간(5시간일 경우 2, 2, 1)으로 하기로 학년 담당 선생님과 협의하고, 시간표를 그렇게 짜도록 부탁하는 것이다. 이 두 시간짜리 시간표 작성으로 창의적인 수업을 가능하게 하는 중요한 여건이 확보된다. 글쓰기와 현장 체험 학습, 발표, 각종 두레 활동 등 두 시간 연강이 없으면 결국 활동 시간이 부족해서 아이들에게 과제물 짐만 얹어 주게 된다.

그리고 학교 국어과 협의회를 열어 수행 실기 평가와 지필 고사의 비율을 정해야 한다. 수행 실기 평가가 의미 있는 것이 되기 위해서는 다양한 활동을 수행했는지 여부를 확인하여 누가기록하는 태도 평가와, 성과를 평가하는 성취 평가를 합하여 최소한 30~60% 정도는 잡아야만 의미 있는 수업을 해 갈 수 있다.

시와 친해지기 위한 활동

학생들에게 좋은 시를 자료집 형태로 묶어서 나눠 주고 그중에서 아무런 부담을 느끼지 않고 자신이 좋아하는 시를 5~10편 정도 찾아 보게 하는 것이 가장 먼저 해야 될 수업 내용이다. 이때 어떤 기준도 없으며, 오직 학생 '스스로가 보기에 좋고 마음에 드는 것'만이 유일한 기준임을 거듭 일러두어야 한다. 그리고 간단하게 '나의 애송시' 표를 만들어 나눠 준 다음, 빈칸에 부담을 전혀 갖지 않을 정도로 아주 간략하게 두어 줄, 왜 그 시가 좋은지 써 보거나 짤막하게 발표하게 하고, 어떤 시가 학생들이 좋아하는, 인기 있는 시인가 통계를 내어 조사해 볼 필요가 있다. 이것은 내년도 새로운 시 자료집을 만들 때 꼭 필요하며, '학급 애송시'나 '두레 애송시' 그리고 '나의 애송시'를 정할 때도 필요하다. 이처럼 지금까지의 수동적이고 학생 참여가 배제된 시 교육에서 벗어나, 학생이 주체가 되어 자신의 기준으로 남의 시를 가려 뽑아 보는 것은 어느 모로 보나 중요한 경험이며, 시에 대한 오해와 두려움을 없애고 흥미와 관심을 높이는 계기가 될 수 있다.

학생들의 시에 대한 흥미와 관심을 높이기 위한 다양한 '놀이' 성격의 활동

우선 자기가 좋아하는 애송시를 여러 사람 앞에서 크게 소리 내어 낭송해 본다든지, 배경음악을 넣어 두레별로 애송시 낭송 테이프를 만들어 본다든지, 잘 낭송한 시 낭송 테이프(전국국어교사모임 제작)를 들려준다든지, 시인의 시와 삶을 담은 비디오(MBC, KBS 영상프로딕션 제작)를 보여 준다든지, 모방하기 좋은 대상 시를 정하여 리듬에 따라 모방시를 써 본다든지, 전년도에 제작한 시화 엽서나 시화 책받침 중에 잘 된 것을 보여 준다든지 하여 충분히 입체적으로 시를 받아들이고 즐길 수 있도록 한다. 물론 상호 평가를 포함하여 다양한 형태로 평가에 반영한다.

학생들과 함께 뽑은 좋은 시를 암송하는 일

시를 암송하는 것은 시와 친해지는 중요한 활동이면서 시의 아름다움을 마음껏 향유하는 본격적인 시 공부이다. 시는 그냥 눈으로 혼자 읽을 때보다 소리 내어 읽을 때가 낫고, 혼자 읽을 때보다 여럿이 소리를 높여 읽을 때가 낫다. 그리고 분위기와 상황을 달리하면 같은 시라도 다가오는 정감이 훨씬 다를 수밖에 없다. 음악이 있고 촛불이 켜진 행사장에서 낭랑한 목소리로 읽으면 느낌과 내용의 울림이 달라지면서 사람들을 감동시킬 수 있다. 좋은 시를 사랑하고 암송하는 일은 시와 삶이 생동하는 현실 공간에서 따뜻하게 만나는 것이다. 시 쓰기 공부는 이 기초 수련을 충분히 하면서 시작

되어도 늦지 않을 뿐 아니라 이 과정을 거치지 않으면 형식적이고 재미없는, 시에 대한 지식 공부가 되기 쉽다.

시 암송 평가는 시간마다 정해진 시를 한 편씩 암송하게 하여 누가기록으로 할 수도 있고, 5~10편 정도의 시를 사전에 정해 주고 시를 외우게 해서 쓰게 하는 방법도 있다.

시 쓰기와 고치기

– 짧은 시·생활 시·나의 묘비명 시 쓰기·고치기

좋은 시를 읽고 암송하는 가운데 시 쓰기는 이미 시작되었다고 할 수 있다. 좋은 시를 충분히 읽고 감상하고 암송할 기회를 가진 학생이라면 시 쓰기에 대해 두려움을 갖지는 않을 것이다. 좋은 시는 언제나 그 안에 시 쓰는 방법과 길을 갖고 있기 때문이다.

짧은 시 쓰기는 짧은 시를 많이 읽고 암송하게 하면 누구나 할 수 있다. 이것도 하나의 모방인 셈인데, 적극적으로 모방하게 하는 것이 좋다. 다만 짧은 글을 쓰라고 하면 아이들이 급훈이나 교훈처럼 쓰는 경우가 많으므로 처음부터 주의시키고 생각과 느낌을 농축 엑기스를 만들 듯이 가다듬어 4행 이하의 시를 쓰도록 한다.

생활 시는 이미 많은 선구적인 교사들에 의해 '삶의 글쓰기 운동'으로서 시 쓰기의 중심 활동으로 자리잡고 있다. 이미 책으로 발표된 각종 학생 시나 소속학교 학생들의 좋은 시 등 여러 편을 인쇄해 나눠 주어 함께 읽고, 또 그 중에 애송시 몇 편을 선정하여 학생들이 돌아가며 선정 이유를 발표하게 한다. 그런 후에 가족과 이웃, 주변 사람과 사물을 중심으로 구체적으로 이야기가 있는 시를 A4용지에 써 오게 한다.

시 쓰기를 마무리할 즈음에 교사는 학생들이 시상의 전개와 흐름, 착상의 신선함, 인상적인 끝맺음에 대한 지도, 언어의 밀도와 이미지의 살림, 주제의 형상화 정도 등 전체적인 흐름과 관련된 거시의 방향을 지적해 주고, 학생 스스로 고치든지 두레별로 서로 고쳐 주기를 한다. 이때 지나치게 단어 한두 개에 집착하면 안 되며 교사가 직접 고쳐 주어서도 안 된다. 이렇게 시 고치기를 하면 두 번째 가져오는 글은 초고보다 훨씬 정제된다.

남의 시를 고쳐 보게 하는 것도 학생들의 시 창작에 도움이 된다. 잘 된 시를 모아서 학생 이름을 넣어 인쇄하여 나누어 주고, 함께 낭송하면서 잘 된 점에 대해 칭찬해 준 다음 함께 고쳐 보는 것도 좋다. 남의 시를 뜯어고치는 '즐거움'은 곧 자신의 창작 의욕을 높이는 일로 이어질 수가 있다.

이렇게 하여 완성된 시 중에 길이가 적당한 시는 A4용지에 쓰고 그려서 코팅하게 하고, 짧은 시는 따로 엽서에 잘 만들어 역시 코팅하여 시화전에 한 자리를 차지하도록 하면 대다수의 학생이 학교 시화전에 참여케 할 수 있다.

'나의 묘비명' 시 쓰기는 집단 상담을 활용한 시 쓰기이다. 자신의 장래의 꿈을 말하는 것인데, 그냥 써 보라 하면 아이들이 무엇을 써야 할지 모른다. 그러므로 사전에 준비한 묘비명 시(페스탈로찌 묘비명 등)를 몇 편 가져와서 OHP로 보여 주면 아이들은 금방 교사가 무엇을 요구하는지를 이해하고 쓰기 시작한다. 출생, 성장, 활동, 사망에 이르는 자신의 일생을 "여기 ○○○ …… 잠들다/일찍이 ……"로 시작하고 "……○○○ 등이 묘비를 세우다."로 끝나는 형식의 시로 나타내는 작업은 자신과 가장 가까운 주제이므로 거침없이 쓰면서 재미있는 글이 될 수 있다. 이 창작 활동은 시인 유적지 탐방 체험 학습 때 시인에 대한 묘비명 쓰기로 이어질 수 있다.

창작된 시를 하나의 문화로서 생활 속에 살아 있게 하는 활동

암송이나 낭송처럼 시 예술과 관련된 고유의 활동을 개인이나 학급, 학교의 행사 때 빼놓지 않고 해 나가면서 시를 정지 화면극으로 옮겨 보는 일, 생일 카드 만들어 선물로 주는 일, 책받침이나 엽서 만들기, 시를 노래로 만들어 발표하기, 야영이나 등산 가서 캠프파이어할 때 시 암송하기, 시에 나오는 자연물이나 생명체, 마을이나 지형을 찾아가는 생태 문화 기행, 시인의 생가나 유적지를 찾아가서 시인을 몸으로 직접 알고 느끼기…… 등 다양한 활동은 시를 더욱 사랑하게 될 뿐 아니라 삶의 문화로서 생생하게 살아 있게 하는 일이 될 것이다.

또, 잘된 시는 교내 종합 전시회나 시화전, 학급 문집, 교지나 신문 등에 출품 혹은 게재하여 학생들의 창작 의욕을 북돋우며, 다음 학기나 내년도에 쓸 《시 창작 교육 자료집》을 만들 때 새로 포함시켜서 활용하게 되면 학생 본인은 물론, 다른 학생에게까지 시 창작 교육에 의욕을 불러일으키는 파급효과가 있다.

| 지은이 소개 |

고 은 시인. 1933년 전북 군산 출생. 시집 《만인보》, 《고은 시 전집》 등이 있으며, 서사시 〈백두산〉을 썼다.

고재종 시인. 1957년 전남 담양 출생. 시집 《새벽 들》, 《날랜 사랑》, 《쪽빛 문장》 등이 있다.

고증식 시인. 1959년 강원도 횡성 출생. 시집 《환한 저녁》, 《하루만 더》 등이 있다.

고형렬 시인. 1954년 전남 해남 출생. 시집 《성에꽃 눈부처》, 《밤 미시령》 등이 있다.

권미란 학생. 경북 울진 온정초등학교 3학년 때 〈엿 파는 할머니〉를 썼다.

권오정 학생. 경북 구길초등학교 6학년 때 〈똥 냄새〉를 썼다.

권정생 아동문학가. 1937년 일본 도쿄 출생. 2007년 5월 지병으로 세상을 떠났으며, 지은 책으로 《강아지 똥》, 《몽실 언니》 등의 동화와 시집 《어머니 사시는 그 나라에는》 등이 있다.

권태응 동시인. 1918년 충북 청주 출생. 1951년 폐결핵으로 세상을 떠났다. 동시집 《감자꽃》을 냈으며, 소박한 생활 풍경이 담긴 동시를 많이 남겼다.

기형도 시인. 1960년 경기도 연평 출생. 1989년 뇌졸중으로 세상을 떠났으며, 시집 《잎 속의 검은 잎》, 《기형도 전집》 등이 있다.

김경윤 시인. 1958년 전남 해남 출생. 시집 《아름다운 사람의 마을에서 살고 싶다》, 《신발의 행자》 등이 있다.

김광규 시인. 1941년 서울 출생. 시집 《우리를 적시는 마지막 꿈》, 《아니다 그렇지 않다》, 《물길》, 《희미한 옛 사랑의 그림자》 등이 있다.

김기택 시인. 1957년 경기도 안양 출생. 시집 《태아의 잠》, 《바늘구멍 속의 폭풍》, 《사무원》, 《소》 등이 있다.

김남주 시인. 1946년 전남 해남 출생. 반독재 민주화 투쟁에 앞장섰으며, 1994년 세상을 떠났다. 시집 《사랑의 무기》, 《조국은 하나다》 등이 있다.

김미희 시인, 아동문학가. 1971년 제주 출생. 시집 《외계인에게 로션을 발라주다》, 동시집 《달님도 인터넷해요?》, 《동시는 똑똑해》 등이 있다.

김사인 시인. 1955년 충북 보은 출생. 시집 《밤에 쓰는 편지》, 《가만히 좋아하는》이 있다.

김상열 학생. 대구 성당중학교 1학년 때 〈사랑〉을 썼다.

김성희 시인. 서울 출생.

김영랑 시인. 1903년 전남 강진 출생. 1950년 한국전쟁 때 포탄 파편에 맞아 세상을 떠났다. 시집 《모란이 피기까지는》, 《돌담에 속삭이는 햇발》 등이 있다.

김영롱 학생. 충남 성신초등학교 6학년 때 〈삼촌〉을 썼다.

김영재 시조시인. 전남 승주 출생. 시조집 《다시 월산리에서》, 《홍어》, 《오지에서 온 소님》 등이 있다.

김용락 시인. 1959년 경북 의성 출생. 시집 《푸른 별》, 《기차 소리를 듣고 싶다》 등이 있다.

김윤현 시인. 1955년 경북 의성 출생. 시집 《들꽃을 엿듣다》, 《지동설》, 《사람들이 다시 그리워질까》 등이 있다.

김은령 시인. 1961년 경북 고령 출생. 시집 《통조림》, 《차경》이 있다.

김이희 시인. 경북 의성 출생.

김정훈 학생. 경북 성주 벽진중학교 3학년 때 〈첫눈〉을 썼다.

김종인 시인. 1955년 경북 금릉 출생. 시집 《아이들은 내게 한 송이 꽃이 되라 하네》, 《나무들 사랑》 등이 있다.

김지혜 학생. 김천여자고등학교 2학년 때 〈멋진 풍경을 놓치다〉를 썼다.

김진경 시인. 1953년 충남 당진 출생. 시집 《광화문을 지나며》, 《슬픔의 힘》, 《갈문리의 아이들》 등이 있다.

김춘수 시인. 1922년 경남 통영 출생. 2004년 세상을 떠났으며, 시선집 《처용》, 《샤갈의 마을에 내리는 눈》, 《김춘수 시 전집》 등이 있다.

김현승 시인. 1913년 평양 출생. 1975년 세상을 떠났으며, 시집 《김현승시초》, 《옹호자의 노래》, 《김현승 시 전집》 등이 있다.

김형삼 학생. 경북 울진 온정초등학교 3학년 때 〈소 죽이는 것〉을 썼다.

김효성 학생. 대구 성당중학교 1학년 때 〈갈치 장수〉를 썼다.

나종영 시인. 1954년 광주 출생. 시집 《끝끝내 너는》, 《나는 상처를 사랑했네》 등이 있다.

나희덕 시인. 1966년 충남 논산 출생. 시집 《뿌리에게》, 《그 말이 잎을 물들였다》, 《야생 사과》 등이 있다.

도종환 시인. 1954년 충북 청주 출생. 시집 《접시꽃 당신》, 《부드러운 직선》, 《세 시에서 다섯 시 사이》 등이 있다.

류근삼 시인. 1940년 경북 달성 출생. 시집 《개불란》, 《글마가 절마가》 등이 있다.

문미화 학생. 경북 경산 부림초등학교 6학년 때 〈동생〉을 썼다.

문익환 시인, 목사, 통일운동가. 1918년 북간도 출생. 1994년 세상을 떠났으며, 시집 《꿈을 비는 마음》, 《두 하늘 한 하늘》, 《난 뒤로 물러설 자리가 없어요》 등이 있다.

민영 시인. 1934년 강원도 철원 출생. 시집 《엉겅퀴꽃》, 《방울새에게》 등이 있다.

박노해 시인. 1957년 전남 함평 출생. 시집 《노동의 새벽》, 《사람만이 희망이다》 등이 있다.

박덕희 동시인. 경북 군위 출생.

박두규 시인. 1956년 전북 임실 출생. 시집 《당몰샘》, 《숲에 들다》 등이 있다.

박명하 학생. 대구 성당중학교 2학년 때 〈할머니 댁 감나무〉를 썼다.

박언극 학생. 경북 경산초등학교 4학년 때 〈성암산에서〉를 썼다.

박용래 시인. 1925년 충남 부여 출생. 시집 《강아지풀》, 《먼 바다》, 《박용래 시 전집》 등이 있다.

박용주 1989년 전남 고흥 풍양중학교 재학 당시 '5월 문학상'을 받았다. 시집 《바람 친 날에 꽃이여 꽃이여》가 있다.

박우현 시인. 대구 출생. 시집 《그러나 후회는 하지 않았다》가 있다.

박운식 시인. 1946년 충북 영동 출생. 시집 《모두 모두 즐거워서 술도 먹고 떡도 먹고》, 《아버지의 논》 등이 있다.

박은주 학생. 경북 의성 춘산중학교 2학년 때 〈낙엽 성적표〉를 썼다.

박 철 시인. 1960년 서울 출생. 시집 《김포행 막차》, 《험준한 사랑》 등이 있다.

박형진 시인. 1958년 전북 부안 출생. 시집 《바구니 속 감자 싹은 시들어 가고》, 《콩밭에서》,《다시 들판에 서서 》 등이 있다.

박희경 학생. 대구 성당중학교 2학년 때 〈눈을 감는 사람들〉을 썼다.

배종민 학생. 대구 성당중학교 1학년 때 〈추석〉을 썼다.

배창환 시인. 1955년 경북 성주 출생. 시집 《흔들림에 대한 작은 생각》, 《겨울 가야산》, 《다시 사랑하는 제자에게》 등이 있다.

백석 시인. 1912년 평북 정주 출생. 월북하여 1996년에 세상을 떠난 것으로 알려져 있다. 시집 《사슴》이 있다.

서동주 학생. 대구 성당중학교 1학년 때 〈산〉을 썼다.

서정홍 시인. 1958년 경남 마산 출생. 시집 《58년 개띠》, 《아내에게 미안하다》, 《내가 가장 착해질 때》 등이 있다.

서진선 학생. 김천여자고등학교 2학년 때 〈초콜릿〉을 썼다.

손효진 학생.

신경림 시인. 1936년 충북 중원 출생. 시집 《농무》, 《어머니와 할머니의 실루엣》, 《낙타》 등이 있다.

신동엽 시인. 1930년 충남 부여 출생. 1969년 간암으로 세상을 떠났다. 시집 《누가 하늘을 보았다 하는가》, 《금강》, 《신동엽 전집》 등이 있다.

안상학 시인. 1962년 경북 안동 출생. 시집 《오래된 엽서》, 《안동소주》, 《아배 생각》 등이 있다.

양정자 시인, 교사. 1944년 서울 출생. 시집 《아내 일기》, 《가장 쓸쓸한 일》, 《아이들의 풀잎노래》 등이 있다.

여두현 학생. 경북 경산 부림초등학교 6학년 때 〈지렁이〉를 썼다.

유승도 시인. 1960년 충남 서천 출생. 시집 《작은 침묵들을 위하여》, 《차가운 웃음》 등이 있다.

윤동주 시인. 1917년 북간도 명동촌 출생. 1945년 일본 후쿠오카 형무소에서 옥사했으며, 유고 시집으로 《하늘과 바람과 별과 시》가 있다.

유치환 시인. 1908년 경남 통영 출생. 1967년 교통사고로 세상을 떠났다. 시집 《바위》, 《생명의 서》, 《유치환 시 전집》 등이 있다.

윤재철 시인. 1953년 충남 논산 출생. 시집 《생은 아름다울지라도》, 《세상에 새로 온 꽃》, 《그래 우리가 만난다면》 등이 있다.

이다은 학생. 경북 김천여고 3학년 때 〈경상도 사람이라서〉를 썼다. 시집《생각하면 눈시울이》가 있다.

이소린 학생. 충북 보은 회인중학교 1학년 때 〈후에〉를 썼다.

이소혜 학생. 충북 보은 회인중학교 2학년 때 〈돌담〉을 썼다.

이송미 학생. 대구 성북초등학교 3학년 때 〈청설모〉를 썼다.

이시연 시인. 경북 고령 출생.

이시영 시인. 1949년 전남 구례 출생. 시집《만월》,《우리의 죽은 자들을 위해》,《은빛 호각》 등이 있다.

이원진 학생. 대구 성당중학교 1학년 때 〈추억〉을 썼다.

이용악 시인. 1914년 함북 경성 출생. 월북하여 1971년에 세상을 떠난 것으로 알려져 있다. 시집《낡은 집》,《오랑캐꽃》 등이 있다.

이윤경 동시인. 경북 성주 출생.

이응인 시인. 1962년 경남 밀양 출생. 시집《따뜻한 곳》,《천천히 오는 기다림》 등이 있다.

이재무 시인. 1958년 충남 부여 출생. 시집《몸에 피는 꽃》,《시간의 그물》,《오래된 농담》 등이 있다.

이종문 시조시인. 1955년 경북 영천 출생. 시집《저녁밥 찾는 소리》,《봄날도 환한 봄날》,《정말 꿈틀, 하지 뭐니》 등이 있다.

이중기 시인. 1957년 경북 영천 출생. 시집《식민지 농민》,《밥상 위의 안부》 등이 있다.

이태수 시인. 1947년 경북 의성 출생. 시집《내 마음의 풍란》,《안동 시편》,《안 보이는 너의 손바닥 위에》 등이 있다.

이하석 시인. 1948년 경북 고령 출생. 시집《투명한 속》,《것들》,《금요일엔 먼 데를 본다》 등이 있다.

임길택 동시인. 1952년 전남 무안 출생. 1997년 폐암으로 세상을 떠났다. 동시집《탄광마을 아이들》,《할아버지 요강》 등이 있다.

정도원 시인. 경북 경주 출생. 시집《교단으로 돌아가면》이 있다.

정대호 시인. 1958년 경북 청송 출생. 시집《겨울산을 오르며》,《어둠의 축복》,《지상의 아름다운 사랑》 등이 있다.

정명숙 학생. 강원 고성 동광중학교 2학년 때 〈고추 따기〉를 썼다.

정지용 시인. 1902년 충북 옥천 출생. 1950년 세상을 떠난 것으로 알려져 있으며, 시집 《정지용시집》, 《백록담》 등이 있다.

정희성 시인. 1945년 경남 창원 출생. 시집 《한 그리움이 다른 그리움에게》, 《저문 강에 삽을 씻고》, 《시를 찾아서》 등이 있다.

조동연 학생. 경북 경산 부림초등학교 6학년 때 〈팔려 가는 소〉를 썼다.

조명선 시조시인. 경북 영천 출생. 시집 《하얀 몸살》이 있다.

조영옥 시인. 부산 출생. 시집 《해직 일기》 등이 있다.

조재도 시인. 1957년 충남 부여 출생. 시집 《쉴 참에 담배 한 대》, 《사랑한다면》, 《그 나라》 등이 있다.

주동만 학생. 경북 경산 부림초등학교 6학년 〈내 동생〉을 썼다.

하대원 학생. 강원 정선 서북초등학교 5학년 때 〈아버지가 오실 때〉를 썼다.

한영근 학생. 부산 대양중학교 3학년 때 〈오늘의 꿈〉을 썼다.

한원섭 학생. 경북 경산 부림초등학교 5학년 때〈구두닦이 아저씨〉를 썼다.

한원엽 학생. 경북 경산 부림초등학교 5학년 때 〈감〉을 썼다.

한용운 시인. 독립운동가. 1879년 충남 홍성 출생. 1944년 세상을 떠났으며, 시집 《님의 침묵》과 여러 편의 장편소설 등을 남겼다.

함민복 시인. 1962년 충북 중원 출생. 시집 《모든 경계에는 꽃이 핀다》, 《말랑말랑한 힘》 등이 있다.

홍일선 시인. 1950년 경기도 화성 출생. 시집 《한 알의 종자가 조국을 바꾸리라》, 《흙의 경전》 등이 있다.

황영진 시인. 경북 영양 출생.

황지우 시인. 1952년 전남 해남 출생. 시집 《새들도 세상을 뜨는구나》, 《어느 날 나는 흐린 주점에 앉아 있을 거다》 등이 있다.

국어시간에 시읽기 1

1판 1쇄 발행일 2000년 4월 3일
개정판 1쇄 발행일 2012년 4월 9일
2판 1쇄 발행일 2020년 3월 9일
2판 6쇄 발행일 2024년 4월 8일

엮은이 전국국어교사모임

발행인 김학원
발행처 (주)휴머니스트출판그룹
출판등록 제313-2007-000007호(2007년 1월 5일)
주소 (03991) 서울시 마포구 동교로23길 76(연남동)
전화 02-335-4422 **팩스** 02-334-3427
저자·독자 서비스 humanist@humanistbooks.com
홈페이지 www.humanistbooks.com
유튜브 youtube.com/user/humanistma **포스트** post.naver.com/hmcv
페이스북 facebook.com/hmcv2001 **인스타그램** @humanist_insta

편집책임 문성환 **편집** 윤무재 **디자인** 김태형 김수연 **일러스트** 천은실
용지 화인페이퍼 **인쇄** 청아디앤피 **제본** 민성사

ISBN 979-11-6080-341-9 44810
979-11-6080-340-2 (세트)